DUMONT NOIR

*Die Originalausgabe erschien 1958 unter dem Titel* Web of Murder
*bei Fawcett Publications Inc., New York*


*Deutsche Erstausgabe*

*Die Deutsche Bibliothek – CIP-Einheitsaufnahme*
*Whittington, Harry: Im Netz / Harry Whittington. Gerhard Falkner und Nora Matocza (Übers.). – Köln: DuMont, 1999*
*(DuMont Noir; Bd. 4)*
*Einheitssacht: Web of murder ‹dt.›*
*ISBN 3-7701-4853-3*

*Erste Auflage 1999*

*Umschlag- und Reihengestaltung: Groothuis + Malsy*
*Gesetzt aus der Elzevir und der Antique Olive*
*Gedruckt auf säurefreiem und chlorfrei gebleichtem Papier*
*Satz: Greiner & Reichel, Köln*
*Druck und Verarbeitung: Clausen & Bosse, Leck*

*Printed in Germany*
*ISBN 3-7701-4853-3*

*Harry Whittington*

# Im Netz

*DuMont Noir 4*

*Mit einem Nachwort*
*von Harry Whittington*

*Aus dem Englischen übersetzt*
*von Gerhard Falkner und Nora Matocza*

# 1

Ich stellte Fragen über Fragen, aber sie konnten sich einfach an keine weiteren Einzelheiten erinnern. Sie saßen in meinem Büro und warfen einander Blicke zu. Meine Sekretärin trat ein, und ich ließ die drei ihre Geschichte noch einmal wiederholen, aber es störte sie, daß Laura mitschrieb, und was sie jetzt sagten, hörte sich bereits ganz anders an als das, was sie mir vorhin erzählt hatten.

Ich lehnte mich zurück und musterte sie. Die alte Frau mochte um die 60 sein. Ihre Schwester war eine mausgraue Fünfundvierzigjährige, die mit ihren Fingern spielte oder Mrs. Homelins Hand tätschelte, sonst aber nicht viel zum Gespräch beitrug. Der Ehemann der grauen Maus, der sich in seinem Sessel fläzte, schien mir der eigentliche Rädelsführer. Er war der Knabe, der auf alles eine Antwort wußte – dabei hatte er, als einziger der drei, die Tragödie gar nicht selbst miterlebt.

Ich hatte plötzlich genug für heute und brach das Ganze ab. Ich sagte zu ihnen, sie sollten morgen abend um sieben Uhr wiederkommen und inzwischen alle Gesichtspunkte untereinander klären, damit wir dann gemeinsam eine zusammenhängende Erklärung zu Papier bringen konnten. Ich versicherte ihnen nochmals, daß Mord eine ernste Sache sei und daß sie, wenn sie einander weiterhin widersprachen, Mrs. Homelins Sohn niemals vor dem elektrischen Stuhl bewahren würden.

Laura führte sie hinaus. Ich warf einen Blick auf meine Armbanduhr, von einer Erschöpfung übermannt, die mit der Tageszeit nichts zu tun haben konnte.

Ich schaute Laura an und überlegte, was ich tun sollte, obwohl die Antwort ganz einfach war. Ich mußte sie entlassen.

»Wie bitte?« sagte ich. Sie stand sehr aufrecht vor mir, war rot geworden und hatte offensichtlich etwas gesagt.

»Es ist schon spät. Zehn Uhr vorbei. Ist das alles, Mr. Brower?«

Ihr graues Kostüm war von feinen blauen Fäden durchzogen, ihre weiße Bluse bis zum Hals zugeknöpft.

Wenn ich daran zurückdachte, daß ich sie eingestellt hatte, weil ich sie auf den ersten Blick für nichts weiter als eine der vielen Erdbeerblonden hielt, die in meiner Kanzlei bestimmt kein Unheil stiften würde! Das war jetzt sechs Monate her. Nachdem sie dann eine Weile bei mir gewesen war, begann ich verschiedene Dinge an ihr zu entdecken und sah allmählich, daß sie ganz anders war, anders als alle anderen Frauen.

Was mich als erstes stutzig machte, war die Erkenntnis, daß mehr an ihr dran sein mußte als das, was sie zu sein vorgab. Von neun bis fünf Uhr war sie kühl, zurückhaltend und tüchtig. Ich fing an, mir zu überlegen, was sie wohl außerhalb der Bürostunden tat. Wo ging sie hin, um sich zu amüsieren? Was für Musik gefiel ihr? Trank sie? Tanzte sie? Und manchmal waren da Flecken in ihren haselnußbraunen Augen, vielleicht von Angst oder von altem Leid, geheimnisvoll und geheim.

Ich schüttelte diese Gedanken ab. Laura war also nicht die simple, durchschaubare Person, die sie zu sein schien. Aber das ging mich nichts an. Sie wußte, was ich von einer Sekretärin erwartete, und erfüllte diese Rolle völlig professionell.

»Klar. Das ist alles«, sagte ich. »Danke, Laura.«

»Komische Leute, was?« Sie runzelte die Stirn. »Man weiß nicht so richtig, was man glauben soll.« Ich zuckte die Schultern. Ihr Haar kringelte sich im Nacken in rotgoldenen Löckchen. »Sie sind noch nicht so lange in diesem Metier. Irgendwann glaubt man das, was sie einen glauben machen wollen. Man spricht es so lange mit ihnen durch, bis sie es selber glauben. Und dann geht man vor Gericht und versucht zu erreichen, daß es die Geschworenen auch glauben.«

»Sie wirkten so nervös. Vor allem der Mann.«

Ich lächelte schief. »Einer von der gefährlichen Sorte. So ein Nichtsnutz, der sich wichtig machen will. Ich werde mir eine eidesstattliche Erklärung von ihm geben lassen und ihn dann aus der Stadt schicken. Ich kann es mir nicht leisten, ihn auf meiner Seite zu haben.«

»Sie – Sie glauben also wirklich, daß Sie den Sohn vor dem elektrischen Stuhl bewahren können?«

»Wenn ich das nicht glauben würde, hätte ich den Fall nicht übernommen.«

Ich sah zu, wie sie zur Tür ging. Sie blieb stehen, die Hand am Türgriff. So eine Silhouette konnte einen nächtelang wachhalten.

»Ich weiß, daß Sie müde sind, Mr. Brower –«

»Nein. Was gibt's denn?«

Sie zögerte. »Ich möchte Sie um einen Gefallen bitten – und ich tu's so ungern –«

»Aber warum denn? In den ganzen sechs Monaten haben Sie mich noch nie um etwas gebeten. Sie finden mich gerade in großzügiger Stimmung. Also, was bedrückt Sie?« Ich wies mit dem Kinn auf einen Stuhl.

Sie setzte sich und schlug die Beine übereinander, wobei sie Stenoblock und Stifte fest im Schoß umklammert hielt. »Es geht – um eine Freundin von mir, Mr. Brower. Ihr Mann – also, der ist ganz schön in die Klemme geraten, weil er in seiner Firma gestohlen hat – und wurde für drei Jahre ins Gefängnis gesteckt. Jetzt hat er ein

Drittel seiner Strafe abgesessen und ist auf Bewährung 'raus, aber er braucht Hilfe – von einem guten Anwalt.«

»Lassen Sie Ihre Freundin herkommen und mit mir reden.«

Sie biß sich auf die Lippe. »Sie – hat wahrscheinlich nicht viel Geld.«

»Kein Problem, Laura. Für eine Freundin von Ihnen werden wir schon eine Möglichkeit finden.«

Sie rutsche auf ihrem Stuhl hin und her. »Nein. Ich meine – das ist sehr nett von Ihnen – sie hatte so viele Schwierigkeiten und Ausgaben und so – und ich hätte gerne, daß das mit der Bezahlung – daß das niemand außer Ihnen und mir weiß.«

Ich hätte die Stirn runzeln sollen. Innerlich tat ich das auch; alle Geldangelegenheiten sollten zwischen Anwalt und Klient immer klar ausgesprochen sein. »Ich denke, das kriegen wir auch noch hin.«

Sie blieb noch ein paar Sekunden sitzen, als wollte sie noch etwas sagen. Es wurde still im Büro, still in dem ohnehin ruhigen Gebäude. Es war, als hielte alles einen Augenblick den Atem an und wartete auf irgend etwas.

Summit war eine aus allen Nähten geplatzte Stadt, aber dennoch keine Großstadt, und ich war in Summit ziemlich bekannt. Ich fuhr langsam nach Hause und sagte mir, daß ich sie mir aus dem Kopf schlagen müsse. Je fremder Cora und ich uns wurden, desto mehr dachte ich an Laura. Zuerst sagte ich mir, ich sei doch zu klug für so ein Liebesgeturtel. Ich begehrte sie. So einfach war das. Vielleicht würde ich es so arrangieren können, daß ich sie irgendwo ein Wochenende lang haben konnte und dann nicht mehr an sie denken mußte. Oder aber ich konnte wirklich klug sein und sie feuern.

Ich entließ sie natürlich nicht. Der Gedanke an mein Büro ohne sie gefiel mir gar nicht. Ich schlug ihr aber auch kein gemeinsames Wochenende vor. Zu Hause wurde es für mich immer beklemmender. Cora begann mir einzureden, daß ich zu viel arbeitete, zu viel im Kopf hätte und einen Arzt oder Psychiater aufsuchen solle. Schließlich hatte sie tatsächlich mit Dr. Murray einen Termin ausgemacht, aber darüber konnte ich nur lachen. Ich brauchte keinen Arzt, um zu wissen, was mit mir los war. Ich glaube nicht, daß mir ein Arzt hätte erklären können, warum ich mir Laura einfach nicht aus dem Kopf schlagen konnte, auch wenn ich es versuchte. Ich schaffte es einfach nicht. Woche für Woche verging, und es wurde immer schlimmer. Und schlimmer.

Ich bog vom Forest Drive zu meiner Wohnung ab, ohne genau zu wissen, wie ich hierher gekommen war.

Dieses Haus hatte Cora 45 000 Dollar gekostet. Da es wie ein Landhaus gebaut war – einstöckig und mit drei Schlafzimmern – gingen noch über 20 000 in verschiedene Extras – Gartenarchitektur, Fliesen, Raumgestaltung und den Swimmingpool, der den ganzen Winter über leer und mit Blättern bedeckt dalag. Ein wenig vom Forest Drive zurückgesetzt auf einem Stück Land mit gepflegtem Rasen, beschnittenen Ulmen und brusthohen Hecken, war es bei weitem nicht das teuerste Haus hier in der Gegend, aber das hübscheste, das mußten selbst Coras schlimmste Feindinnen widerstrebend zugeben. Im Innern war es so gestaltet, daß man, wenn man eine Zeitung aufgeschlagen auf dem Kaffeetisch liegenließ, die ganze Harmonie aus dem Gleichgewicht brachte.

Aber das war nicht weiter schlimm. Cora würde sie da bestimmt nicht lange liegen lassen.

Ich parkte im Carport und trat durch den Wintergarten ein, die

Aktentasche in der Hand. Cora war im vorderen Zimmer mit einer komplizierten Handarbeit beschäftigt.

Ich ging auf die Küche zu.

»Charley?«

»Ja, Cora.«

»Wo warst du denn?«

Ich ließ meine Aktentasche in der Diele stehen und lehnte mich in den Türrahmen. »Wo ich war? Hat dir das denn keine von deinen wohlmeinenden Freundinnen berichtet?«

»Tu nicht so schlau, Charley. Es ist schon nach elf. Ich frage ja nur. Soll ich mich nicht für dich interessieren? Was habe ich denn sonst, wofür ich mich interessieren sollte?«

»Keine Ahnung. Ich hab' ja nicht so einen geheimen Nachrichtendienst wie du.«

»Du bist aber schlecht gelaunt. Warum denn eigentlich, Charley? Schlecht gelaunt könnte doch wohl eher ich sein. Ich habe allein zu Abend gegessen, dann bin ich zu den Myers 'rübergegangen und habe Bridge gespielt, und was hätte ich ihnen sagen können?«

»Ich weiß es nicht, Cora. Was hättest du ihnen denn sagen können?«

»daß ich dich überhaupt nie sehe. Daß ich mein einsames Leben lebe, und du dein Leben hast, deine Arbeit, deine Freunde, alles, was du lieber machst als nach Hause zu kommen.«

»Ich mußte länger arbeiten.«

»Das glaube ich nicht.«

»Mir egal.«

»Natürlich ist dir das egal. Warum sollte es Charles R. Brower auch nicht egal sein, was seine Frau denkt. Ich habe bei dir im Büro angerufen. Es ging keiner ran.«

»Also, ich bin noch im Brahma gewesen. Wie du ja weißt, bin ich unwiderstehlich. Bei mir im Auto warteten bereits zwei Frauen, als ich das Büro verließ –«

»Wann hast du es denn verlassen?«

»Mein Gott, Cora. Wenn ich so reich wäre wie du, würde ich nicht so lange arbeiten. Ich würde heim kommen und dir beim Handarbeiten zuschauen.«

»Wäre dir wohl lieber, wenn ich etwas anderes machen würde? Vielleicht würde es dir besser gefallen, wenn ich mich herumtreiben würde. Das könnte ich schon auch, weißt du. An mir sind eine ganze Reihe Männer interessiert. Würde es dir vielleicht gefallen, wenn ich im Brahma an der Bar herumhinge?«

»Warum nicht? Vielleicht würden wir uns ja über den Weg laufen.«

»Das wäre ganz reizend, nicht wahr? Dir ist es vielleicht egal, was die Leute denken, aber mir nicht.«

»Cora, ich wollte mir gerade ein Glas einschenken. Trinkst du was mit?«

»Du denkst immer, ich bin so glücklich, weil Vater mir Geld hinterlassen hat. Vater wollte, daß ich bekomme, was ich mir wünsche. Und was habe ich? Einen Ehemann, der zu beschäftigt für mich ist, zu sehr in sich selbst versunken –«

»Möchtest du einen Martini oder einen Collins?«

»Ich hasse Whisky, und das weißt du auch.«

»Martini wird mit Gin gemacht.«

»Das macht für mich keinen Unterschied. Mir wird übel davon.«

»Hast du etwas dagegen, wenn ich einen trinke?«

»Ich möchte auch Interessen haben, Charley. Aber das interessiert dich nicht. Du willst diese Kanzlei. Dabei könnte ich dir alles geben.«

Na klar. Alles bis auf Geld. Ihr Vater hatte ihr eine halbe Million vermacht, die er wie ein Eichhörnchen zusammengetragen hatte. Sünde, das Geld auszugeben, Sünde, es zu verschwenden, Sünde, es zum Vergnügen zu verschleudern, also alles zusammenhalten, horten. Und mit dem Geld hatte Cora auch seinen ganzen Charakter geerbt.

»Ich will mein eigenes Geld. Unglücklicherweise ist mir dazu nur eine einzige Möglichkeit bekannt, nämlich: arbeiten.«

»Ich hätte ja nichts dagegen, wenn du arbeitest, aber ich hasse es, daß du mit den Weibern herumziehst –«

»Wäre es dir wohl lieber, wenn ich mit Männern herumziehen würde?«

»Sei nicht so albern. Du weißt genau, wie ich es meine. Meine Freundinnen sehen dich ja dauernd. Ich weiß, was los ist, ganz genau weiß ich es.«

Ich ging an ihr vorbei, öffnete den Barwagen und mixte mir einen Martini fünf zu eins. Es war kein Eis da. Ich trug den Mixbecher in die Küche.

Mit dem geeisten Glas kehrte ich zurück und setzte mich neben Cora. Sie war schwer gebaut und wurde langsam immer schwerer. Wir waren beide Mitte dreißig. Mir sah man mein Alter an, aber bei Cora mußte man schon genau hinsehen. Ihr blondes Haar war perfekt frisiert, aber wenn ich sie ansah, mußte ich immer an ein schwedisches Küchenmädchen denken. Cora war keine Schwedin und außerdem in der Küche genau so verloren wie im Schlafzimmer. Du hast dir eine wunderbare Existenz aufgebaut, Charley Brower. Eine ganz wunderbare. Alles, was sich ein Mann nur wünschen kann.

Unglücklicherweise war ich scharf auf die feinen Dinge des Lebens; Cadillacs, Kaviar und Kaschmir-Jacketts entsprachen meinem Geschmack. Mein Einkommen stieg allmählich, doch das mittlere Jahreseinkommen eines Anwalts liegt bei 10 000 Dollar, und das erreichte ich gerade eben erst. In diesem Beruf braucht man Zeit – Zeit, die zu verschwenden ich haßte, wo doch Cora nur so in Geld schwamm und nicht einmal wußte, wie sie es genießen sollte.

Ich legte den Arm um sie.

»Ist es sehr schwierig mit mir, Cora?«

»Du machst es mir nicht gerade leicht.«

»Komm, probier mal meinen Drink.«

»Ich will aber nicht. Ich muß mich nicht besaufen, um gute Laune zu kriegen.«

Ich zog sie näher heran. Sie lehnte sich ungeschickt an mich.

»Wollen wir ins Bett gehen, Cora?«

Sie wußte nicht mal, wovon ich sprach.

»Noch nicht, Charley. Ich möchte erst noch diese Reihe zu Ende machen. Wenn ich jetzt aufhöre, stimmen die Stiche nachher nicht mehr.«

»Laß es doch einfach von jemand fertig machen.«

»Das ist dann aber etwas vollkommen anderes, Charley.«

Ich seufzte, trank mein Glas aus, stand auf und schenkte mir noch eins ein.

»Charley, du wirst dich hoffentlich jetzt nicht so betrinken, daß du es nicht mehr bis zum Bett schaffst, oder?«

»Und wenn schon?« sagte ich über die Schulter. »Ich werde dich in deinem Schlafzimmer bestimmt nicht stören.«

»Charley, fang bloß nicht wieder damit an. Du wirst doch jetzt nicht wieder damit anfangen, oder?«

»Da sei Gott vor.« Ich trank meinen zweiten Martini aus und sah dabei Cora an. Ein schwedisches Küchenmädchen. Und dieses ganze Geld. Fünfhundert Riesen. Würde alles mir gehören, wenn sie starb. *Wenn* sie starb. Cora war stark wie eine Kuh, sie würde ewig leben und weiter jeden Cent horten. Und mir immer alles verweigern, was sie mißbilligte – und auf Grund ihrer Erziehung mißbilligte sie alles, was auch nur entfernt mit frivolen Vergnügungen oder Eitelkeit zusammenhing. Die Art und Weise, wie sie mir Geld zukommen ließ, das war verletzend, und wenn sie mir 50 Dollar zur Verfügung stellte, dann strahlte sie, als wäre sie Fortuna mit dem Füllhorn.

Als ich das Zimmer verließ, wollte sie wissen, wo ich hinging. Ich vergaß nicht, höflich zu bleiben. Es hatte sie einen Haufen Geld gekostet, mich dorthin zu bringen, wo ich jetzt war. Und wo war ich? Ich ließ mich quer über mein Bett fallen und dachte, dies sei doch wieder einmal ein ganz entzückender Abend bei Familie Charles R. Brower gewesen. Ob Cora sich wohl vorstellen konnte, wie sehr ich ihr den Tod wünschte?

## 2

Am nächsten Morgen wachte ich genau so schlecht gelaunt auf, und der Mann, der in meinem Büro auf mich wartete, trug auch nichts dazu bei, mir den Tag aufzuheitern.

Frank Vanness.

Ein Polizist.

Mit diesem Wort war so ziemlich alles gesagt, was es über ihn zu sagen gab. Man hätte ihn beschreiben können, erklären können, wo er wohnte und was er aß und anzog, aber in dem Wort *Polizist* war das alles inbegriffen. Daraus bestand sein ganzes Leben. Er erklärte mir, was es für ihn bedeutete, Polizist zu sein, und ich glaubte ihm. Wenn jemand aus der Reihe tanzte, kriegte er eins über, darauf mußte er gefaßt sein. Und Frank Vanness war der Mann, der ihm eins überbriet.

»Wenn ein Mann etwas anstellt, dann bin ich ihm keine Rücksichten schuldig. Überhaupt keine. Er betrügt meinetwegen seine Frau und kommt in Schwierigkeiten. Warum sollte ich das seiner Frau verheimlichen? Er hat es ja so gewollt. Wenn jemand ein Gesetz bricht, muß er mit Folgen rechnen. Und zwar nicht mit einigen. Mit allen.«

Genau die richtige Gesellschaft für mich, so wie ich mich an diesem Morgen fühlte.

Wenn ich besserer Stimmung war, zog ich Vanness immer auf, sagte, er werde noch 99 % aller Ehen ruinieren und sämtliche Gefängnisse aus allen Nähten platzen lassen, wenn er solche Ideen praktiziere. In dieser Hinsicht hatte er keinerlei Humor. »Wir haben Gesetze. Und wir haben sie, damit sie befolgt werden. Stimmt's?«

Bei einigen Scheidungsfällen, bei denen auch er mit Nachforschungen beschäftigt war, hatte ich mit ihm zu tun gehabt, z. B. wenn die Ehefrau die Polizei gerufen hatte oder wenn beide wegen öffentlicher Ruhestörung vorgeladen worden waren. Ich fragte ihn, ob es denn nicht möglich sei, daß eine verheiratete Frau ganz aufrichtig einen anderen Mann mehr lieben könne als ihren eigenen. Er warf mir einen verächtlichen Blick zu. »So eine Schlampe?« sagte er. »Eins sollten Sie sich merken, Herr Anwalt. Wenn sie erst mal *mit Ihnen* ihren Ehemann betrügt, wird sie als nächstes *Sie* betrügen. Da gibt's keine Ausnahmen.«

Seitdem hatte ich längst aufgehört, mit ihm zu streiten. Manchmal fragte ich mich, wie er in unserer komplizierten Gesellschaft mit solchen unrealistischen Ansichten 40 Jahre lang hatte überleben können, aber ich brachte das Gespräch nie darauf. Wie die meisten Anwälte mochte ich keine Polizisten, und Frank Vanness mochte ich am allerwenigsten. Wenn er für die Gegenpartei in den Zeugenstand trat, war er so hart wie eine Nuß zu knacken und erweckte bei den Geschworenen immer den Eindruck, er sei im Recht, auch wenn er im Unrecht war.

»Aus diesem Bericht über den Fall Homelin, Frank«, sagte ich, »geht hervor, daß Sie den Todesfall untersucht haben?«

»Stimmt.«

»Kam es Ihnen wie Notwehr vor?«

»Hah!«

»Oder gibt es andere Entschuldigungsgründe?«

»Nie davon gehört ... Oh natürlich, den Ausdruck habe ich schon gehört, von solchen Leuten wie Ihnen, die von Worten leben. Aber gesehen habe ich so etwas noch nie. Mord bedeutet eiskaltes Töten und ist ein Verbrechen. Ich habe noch nie von einem Fall gehört, wo es zu entschuldigen gewesen wäre, einem anderen Menschen das Leben zu nehmen.«

»Es heißt, der Alte habe seine Frau geschlagen, sei zu ihnen allen sehr grausam gewesen und habe den Jungen sogar wiederholt bedroht.«

»Wenn's dem Jungen nicht gepaßt hat, hätte er ja abhauen können.«

»Und die alte Dame?«

»Wenn ihr dieses Leben bei dem alten Mann nicht gefallen hat, na, dann hätte sie halt gehen sollen. Schließlich war sie ja nicht seine Sklavin.«

Ich starrte ihn an. »Es gab vielleicht Gründe, warum sie auf der Farm bleiben mußten. Der Vater hatte das Geld. Die Frau wurde alt.

Eine Farm bestellen, das war das einzige, was der junge Homelin kannte.«

»Na also. Dann hatten sie's doch prima beim Vater. Klar war es nicht gerade der Himmel auf Erden, das stand zu erwarten. Sie wußten, daß der Alte zu Gewalttätigkeit neigte und in seinem Haus so herrschen wollte wie sein Vater vor ihm –«

»Das kann einem ganz schön zusetzen, Frank.«

»So sehr, daß es einen Mord entschuldigt? Hören Sie mal, der junge Homelin lag Abend für Abend im Bett und überlegte, wie er den Vater am besten umbringen sollte. Natürlich, ich weiß, daß Sie mit dem Schwiegersohn gesprochen haben. Der will die Farm haben. Er hat's geschafft, die Mutter und das Mädchen total kirre zu machen. Sie denken sich, daß sie den Jungen aus dem Gefängnis holen können und er dann auf dieser Farm für sie arbeiten wird, weil sie wissen, daß er des Mordes schuldig ist.«

»Glauben Sie, daß Sie für die Anklage in den Zeugenstand müssen, Frank?«

»Wenn ich dazu aufgefordert werde.«

»Ich selber rufe die beiden Polizisten auf, die direkt dazu kamen.«

Er zuckte die Schultern. »Was wissen die schon? Soll ich Ihnen sagen, warum die Streifenpolizisten geworden sind? Weil sie gerade noch so viel von Polizeiarbeit verstehen, daß sie auf einer Trillerpfeife pfeifen können.«

»Könnten Sie sich nicht auch einmal irren, Frank?«

»Bei einem Mord? Nein. Dazu habe ich zu viele gesehen. Ich habe die allerverschiedensten gesehen. Aber sie laufen alle auf eines hinaus: auf Mord eben. Mörder haben einen ganz bestimmten Geruch, und ich kann sie aus allen anderen herausriechen. Wissen Sie, wie meine Bilanz aussieht? Einen einzigen Fall habe ich nicht gelöst – und auch da konnte ich mit dem Finger auf den Kerl zeigen, der war's, aber er hatte eine einflußreiche Familie, und so konnte ich nichts als Indizienbeweise gegen ihn aufbringen – Beweise, die stimmten. Aber ich mußte ihn laufen lassen. So etwas tut weh. Es macht mir die Bilanz kaputt. Wird aber nicht wieder vorkommen.«

»Der Fall läuft für mich bis jetzt ganz gut an, Frank. Sie werden alt aussehen.«

»Das wäre nicht das erste Mal. Aber ich habe recht. Der Junge ging in mörderischer Absicht gegen den Vater vor, und ich kann es beweisen. Mörder sind dumm, und zwar alle. Ich habe bisher noch nie einen Fall erlebt, den ich nicht hätte knacken können.«

»Aber diesmal werde ich Sie schlagen, Frank.«

Er zuckte die Schultern. »Nein. Das wird kein Verteidiger schaffen, Herr Anwalt. Wenn ein Polizist seine Arbeit gut gemacht hat, kann daran kein Anwalt etwas ändern.«

»Da haben Sie Unrecht. Es gibt immer verschiedene Gesichtspunkte.«

»Meine Freundin meinte, sie werde mir Bescheid geben«, sagte Laura, als Vanness gegangen war. Sie stellte sich neben meinen Schreibtisch, in einem engen maßgeschneiderten braunen Kleid mit tiefem Ausschnitt. »Sie ist so schüchtern. Sie – sie hat Angst vor Ihnen, Mr. Brower. Es wird ein wenig Zeit brauchen. Sie muß sich erst mal zusammenreißen.«

»Das wird sie tatsächlich müssen, wenn sie etwas für ihren Mann getan haben will.«

»Oh ja. Das wird sie. Nur daß sie eben so unglücklich war – und solche Angst hat, was die Leute denken – wegen dem, was ihr Mann getan hat, und so. Aber sie möchte natürlich Hilfe. Sie wird mir Bescheid sagen.«

Ich nickte und versuchte mich auf die Akten auf meinem Schreibtisch zu konzentrieren. Sie stand noch immer neben mir. Ich mußte gleich wieder aufschauen. Vielleicht kam es nur vom Widerschein der Sonne im Fenster, aber ihr Gesicht sah rosig überhaucht aus.

»Ich möchte Ihnen danken. Es ist schön von Ihnen, daß Sie das tun. Ich weiß, daß Sie es mir zuliebe tun.«

»Wozu hat man schließlich Freunde, Laura?«

Ich hörte sie tief durchatmen. »Ich weiß es nicht, Mr. Brower. Ich hatte noch nicht so viele.«

»Jetzt nehmen Sie mich aber auf den Arm. Ein hübsches Mädchen wie Sie –«

»Ich bin doch nicht hübsch –«

»Nein. Stimmt, Sie sind abscheulich. Kein Wunder, daß Sie keine Freunde haben. Sie kommen einfach daher und tun ihnen irgendwelche Gefallen – so wie das, was Sie jetzt für diese Freundin Dings und ihren Mann tun.«

»Für Mary? Ach, mit ihr ist das was andres. Wir waren zusammen auf der Handelsschule. Sie hatte mit allem Möglichen Schwierigkeiten und mußte mir immer davon erzählen. Ich ließ sie dann auch bei mir wohnen – bis sie heiratete. Ich war ja selber froh, daß ich sie hatte. Ich hatte nämlich nie jemanden, wissen Sie.«

»Nein. Wußte ich nicht.«

»Also, meine Eltern starben, als ich 12 war. Ein paar Jahre lang wohnte ich dann bei Verwandten, aber die hatten keinen Platz für mich, im wahrsten Sinne des Wortes. Ich war ihnen eine Last. Ich hasse es, für jemanden eine Last zu sein. Ich möchte immer für alles zahlen, was ich tue. Wahrscheinlich kommt das daher, daß ich so lange eine Last war.«

Ich stand auf und trat auf sie zu. Ich berührte sie an der Schulter. Ich spürte ihre Wärme unter meiner Hand.

Ich ließ meine Stimme möglichst gelassen klingen. »Sind Sie in Sorge darüber, wie ich bezahlt werden soll, Laura? Ist es das?«

»Teilweise. Ich weiß, daß Sie mir freistellen werden, Sie so zu bezahlen, wie ich eben kann. Aber ich will, daß Sie mir erlauben, Sie zu bezahlen.«

Es hatte keinen Sinn, so zu tun, als wüßte ich nicht, was sie meinte. Man erkannte es schon an der Art, wie ihre nußbraunen Augen die meinen streiften und dann zur Seite blickten. Sie zog sich nicht vom Schreibtisch oder von meiner Hand zurück, sondern blieb abwartend stehen.

Ich blickte auf sie hinunter, spürte, wie mir das Herz klopfte, wie ich sie begehrte.

Ich würde sie entlassen müssen. Wir hätten dieses Büro hier in Nullkommanichts in ein Liebesnest verwandelt. Morgens das Büro nicht aufmachen, abends Überstunden. Mittagspause drei Stunden. Mir fehlte zwar einiges, aber bestimmt nicht ein solches Chaos.

Ich würde sie wegschicken und mich wieder auf meine Arbeit konzentrieren. Klar war es da draußen am Forest Drive nicht gerade das Paradies, aber ich hatte immerhin meine Karriere, ich wußte, was ich wollte. Das hier war, als würde ich meine Hand in einen Ofen stecken, um nach etwas zu greifen, was ich eigentlich gar nicht wollte.

Ich brauchte ihr jetzt nur zu sagen, daß ich leider eine andere junge Dame einstellen müsse. Ihre Arbeit sei durchaus zufriedenstellend gewesen, aber … Eigentlich völlig egal, was ich sagen würde, darauf kam es gar nicht an. Nur mußte sie hier verschwinden.

Zuerst konnte ich es selber kaum glauben, als ich meine Hand ihren Rücken hinabstreichen fühlte, sie unter meiner Hand erbeben fühlte, ihren Körper sich an meinen schmiegen fühlte. Ich hob ihr Gesicht zu meinem empor und sah, daß sie die Augen geschlossen hatte wie ein müdes kleines Kind, und die Lippen leicht geöffnet, als habe sie Hunger und Durst und Verlangen – so wie ich. Ich zitterte am ganzen Leib. Aber dann schien es mir einen Augenblick so, als ob ich mich getäuscht hätte. Ihr geöffneter Mund fühlte sich kühl auf meinen Lippen an. Ihr Körper blieb starr.

Sie öffnete die Augen, und unsere Blicke trafen sich. Eine Sekunde lang war es, als ob wir einander haßten. Dann aber schrie sie leise auf und preßte ihre Lippen hart auf meine.

Lange Zeit hatte ich nur einen einzigen Gedanken: ich würde sie nicht 'rauswerfen.

»Das hätte ich nicht zulassen dürfen. Was wirst du jetzt von mir denken?«

»Daß du sehr aufregend bist.«

»Ja. Aber was sonst noch? Wofür hältst du mich denn nun? Dich so mitten im Büro zu küssen. Und wenn jetzt jemand hereingekommen wäre?«

Ich war noch immer außer Atem.

»Du mußt mich ja schrecklich finden«, sagte sie. »Willst du, daß ich kündige?«

»Warum denn das?« Vor fünf Minuten hatte ich sie noch 'rausschmeißen wollen. Jetzt war ich schon so weit, daß ich sie zu bleiben bat. »Warum willst du denn gehen?«

»Das können wir doch nicht machen. Ich weiß nicht, was wir uns dabei gedacht haben.«

»Was ich mir dabei gedacht habe, weiß ich schon. Und was hast du dir gedacht?«

»Ich würde dir alles verderben, ich wäre schlecht für dich.«

»Ich bin doch schon ein großer Junge. Mach dir keine Sorgen um mich. Ich kann selber auf mich aufpassen.«

»Na ja, vielleicht doch nicht. Ich hatte nicht das Recht –«

»Gibt es da einen anderen, Laura?«

»Wie bitte?«

»Einen anderen Mann? Einen, den du liebst? Ich weiß so wenig von dir.«

»Und ich von dir.« Sie schüttelte den Kopf. »Es gibt keinen – in dieser Hinsicht, meine ich. Überhaupt keinen. Typen, mit denen ich tanzen gehe oder ins Kino. Aber nichts – so wie das hier.«

»Erregen sie dich, Laura? Wenn sie dich in die Arme nehmen?«

Sie entzog sich mir und trat ans Fenster. »Also, wenn du willst, kannst du jetzt lachen. Aber – ich wußte bisher noch gar nicht, daß ich so etwas empfinden könnte.«

»Was sagst du da?«

»Ich wußte bisher nicht, daß ein Mann einem Mädchen solche Gefühle einflößen kann – so wie du mir. Ich wußte, daß Männer erregt werden. Aber ich wußte tatsächlich nicht, daß es das bei Mädchen auch gibt.«

Ich nahm sie in die Arme. »Mein Gott, wie jung du doch bist.«

Sie machte sich steif. »Nein. Damit hat es nichts zu tun.«

»Sondern?«

»Ich habe so etwas einfach noch nie bei jemand anderem gespürt.«

»Gottseidank.«

»Nein. Es ist schrecklich.«

»Warum?«

»Das mußt du mich doch nicht fragen. Ich arbeite hier. Du bist mein Chef – falls du mich nicht lieber rauswerfen willst. Ich würde es dir nicht mal übelnehmen.«

»Du wirst selber gehen müssen, wenn du mich loswerden willst.«

»Ich – ich geh jetzt lieber wieder an meinen Schreibtisch. Ich habe eine Menge zu tun.«

»Das brauchst du doch jetzt nicht.«

»Doch. Ich muß mich beschäftigen.«

»Na gut.«

»Sei nicht böse, Mr. – Charley ...« Sie lächelte.

»Also, was gibt es da jetzt zu lachen?«

»Wenn du wüßtest, wie oft ich mir das vorgestellt habe – dich einfach so beim Vornamen zu nennen – einfach Charley zu sagen.«

»Klingt doch gut.«

»Ach nein. Ich muß wieder damit aufhören. Ich muß es sein lassen.«

»Bist du böse auf mich?«

»Du weißt ganz genau, daß ich das nicht bin. Es ist nur wegen dem, was passiert ist –«

»Du wolltest doch, daß es passiert, oder etwa nicht?«

»Doch. Ich glaube schon. Ich habe viel darüber nachgedacht. Ich glaube, wir wollten es beide. Aber das spielt jetzt keine Rolle. Es darf nicht noch einmal passieren ... jedenfalls nicht, wenn ich hier bleiben soll.«

»Na gut. Wenn du es so willst.«

»Ach Charley. Du weißt doch, daß es das nicht ist, was ich will. Aber es muß sein.«

»Na gut.«

An diesem Abend wurde ich Mrs. Homelin und ihre Verwandten in weniger als einer Stunde los.

Laura sagte: »Also dann, gute Nacht.«

»Gute Nacht, und wie weiter?«

»Gute Nacht, Charley.«

»Wie kommst du eigentlich nach Hause?« Das hatte ich noch nie gefragt, mir nicht einmal Gedanken darüber gemacht.

»Mit dem Bus. Dauert ungefähr 'ne halbe Stunde.«

»Das kommt mir ziemlich lang vor.«

»Ich bin daran gewöhnt.«

»Warum läßt du dich nicht von mir heimfahren?«

»Es liegt nicht auf dem Weg. Das kann ich nicht zulassen.«

Wir aßen im Chrystal Inn zu Abend. Das lag über 100 Kilometer weit draußen am Highway 41. Es war kurz vor 10 Uhr, als wir dort ankamen. Ich wußte gar nicht, wie die Kilometer verflogen waren. Ich hatte über Cora zu sprechen begonnen, und in dem warmen Auto, beim Summen des Motors und bei der schwachen Beleuchtung des Armaturenbretts vor uns, schien alles andere ganz unwirklich. Es war, als würden wir in einem luftleeren Raum durch den Weltraum rasen und nichts außerhalb unserer dahinsausenden Kapsel könnte uns berühren.

Seltsam war auch, daß wir, obwohl wir ein so unglaubliches Verlangen spürten, nur nebeneinander im Auto saßen und lediglich unsere Hände sich berührten. Das genügte uns für den Augenblick, all unsere Erregung traf in unseren Fingern zusammen und verschmolz.

Ich versuchte nicht, so zu tun, als sei ich der mißverstandene Ehemann oder etwas derartiges. Ich sagte Laura die Wahrheit. Es lag einfach daran, daß Cora und ich ungefähr so füreinander bestimmt waren wie Schnee und Havanna. Ich hatte Cora im dritten oder vierten Semester kennengelernt, und ob ich wollte oder nicht, ihr Vater finanzierte mir mein restliches Jurastudium. Cora wollte mich haben, und der Herr Papa wollte, daß Cora nur das Beste bekam. Er sagte, mein Jurastudium sei die beste Investition, die er jemals für Coras Zukunft machen könne. Als ihr Vater starb, heirateten Cora und ich. Für alles andere war es ohnehin zu spät.

»Könntest du dich nicht scheiden lassen?«

»Das habe ich sie auch schon gefragt. Keine Angst, das habe ich sie gefragt. Es muß wohl sogar Cora aufgefallen sein, daß ich sie schon sechs Monate vor der Hochzeit nicht mehr erregen konnte.«

»Aber was will sie denn, wenn sie dich nicht will?«

»Keine Ahnung. Ihr Heim. Ihr Bridge. Ihre Handarbeiten. Und mich mitten drin, wenn sie mich gerade dabei haben will.«

»Klingt ja furchtbar.«

»Aber nein. Es ist einwandfrei. So, als würde man sich mit einem Hammer ständig selber auf den Schädel schlagen.«

»Könntest du nicht einfach abhauen?«

»Sieht so aus, als könnte ich das, nicht wahr? Ich meine, Cora hat ja ihr eigenes Geld. Es ist nicht so, als wäre sie von mir abhängig. Tatsächlich bin sogar ich von ihr abhängig. Außerdem haben wir auch keine Kinder – also auch da nichts, was uns aneinander binden würde.«

»Bist du dir da nicht selber etwas schuldig?«

»Ich weiß nicht. Was bin ich denn? Anwalt. Wie jeder Anwalt habe ich natürlich Ambitionen. Staatssenat. Richteramt. Washington. Zum Teufel, ich weiß auch nicht. Aber ich bin nun mal Anwalt. Manchmal denke ich mir, ich bin deshalb Anwalt, weil ich es nötig habe. Ich mache das jetzt schon seit 10 Jahren. Etwas anderes kenne ich nicht. Natürlich könnte ich das alles hinschmeißen, aber was hätte ich dann? Nicht einmal so viel, daß ich davon meinen Lebensunterhalt bestreiten könnte.«

»Hast du denn kein Bankkonto? Nicht, daß ich dich aushorchen wollte.«

»Das weiß ich.«

»Es interessiert mich nur. Interessiert mich ganz furchtbar.«

»Ja natürlich. Also, wir haben ein gemeinsames Konto. Mit einer anderen Frau würde mich Cora ja vielleicht noch gehen lassen, aber nicht mit ihrem Geld. Sie würde mich bis an's Ende der Welt verfolgen.«

»Armer Charley.«

»Du mußt mich nicht bedauern. Ich hab' gekriegt, was ich wollte.«

»Oh nein. Das hast du doch nicht wissen können.«

»Nein. Aber jetzt weiß ich es.«

»Dabei könntest du glücklich sein. Du könntest so glücklich sein.«

Unsere Hände drückten sich auf dem Sitz zwischen uns.

»Ja«, sagte ich. »Ich könnte glücklich sein.«

»Du mußt etwas tun.«

Ich nickte. In diesem Augenblick wußte ich es endgültig. Sie hatte recht. Ich mußte etwas tun.

Das Auto raste durch die Dunkelheit. Das war das einzige Geräusch auf dem Highway.

## 3

Laura erwähnte ihre in Schwierigkeiten geratene Freundin nie mehr. Nach ein paar Tagen hatte ich sie schon völlig vergessen.

Ich pendelte zwischen meiner Wohnung und meiner Kanzlei hin und her wie ein Tiger im Käfig. Ich wußte ja, woran ich ständig dachte, aber ich versuchte es mir immer wieder aus dem Kopf zu schlagen und verbot mir, daran zu denken.

Wenn ich mit Laura zusammen war, ging es mir gut. Wenn nicht, war ich wie besessen. Ich konnte nichts anderes tun, als mich ununterbrochen zu fragen, wo sie jetzt wohl war und was sie gerade tat. Ich gewöhnte mir an, früher ins Büro zu gehen und dort auf sie zu warten.

Mein Büro gefiel mir im allgemeinen sehr gut. Wie alles, was Cora und ich gemeinsam besaßen, hatte es eine Menge Geld gekostet – die korrekten Ledersessel, der niedrige Schreibtisch und der Richterstuhl dahinter. Alles sah sauber und ordentlich aus. Ich hatte Cora tief in die Tasche greifen lassen für den dezent grauen Teppich mit seiner Unterpolsterung. Beim Gehen versanken die Klienten angenehm darin. Das erweckte in ihnen Vertrauen zu mir. Und mehr noch. Waren sie erst einmal von der Tür bis zu ihrem Sessel geschritten, dann hatten sich in ihnen alle kleinlichen Gedanken in Hinblick auf meine Bezahlung verflüchtigt. Meine juristische Fachbibliothek war die beste in ganz Summit. Die Anwaltskammer hatte vor ein paar Jahren von allen Mitgliedern Beiträge erhoben und eine allgemein zugängliche juristische Fachbibliothek eingerichtet. Nicht einmal die war besser als meine – und ihre Regale waren auch nicht halb so gut.

Also schön. Ich war stolz auf meinen Besitz. Ich wollte ihn erhalten und mehren. Die meiste Zeit konnte ich meine Gedanken ausschalten, konnte die Anspannung bewußt zurückhalten, sogar ohne Beruhigungspillen, wie Cora sie zweimal am Tag nahm, oder auch dreimal, wenn sie Streß hatte. Ich konnte mich dazu zwingen, all das zu vergessen, was mich umtrieb, all die grundsätzlichen Bedürfnisse und Wünsche, die ein Mann so hat. Schön, mir fehlte zwar etwas, aber schließlich muß jeder Mensch Kompromisse schließen, nicht wahr? Niemand bekam alles, was er wollte. Ich hatte Cora und Coras Geld. Ich hatte meine Anwaltspraxis, meine juristische Fachbibliothek, meinen guten Ruf in der juristischen Gesellschaft – bei den Anwälten war ich geachtet und gefürchtet, niemand versuchte mich reinzulegen oder mir eins auszuwischen – das traute sich keiner bei Charley Brower.

Ich stand da und schaute auf die Hauptstraße hinunter. Vierhunderttausend Einwohner in einer Stadt, die für sechzigtausend geplant war. Ich hatte doch in Summit alles, was ich wollte, oder?

Und da roch ich Laura, sogar noch ehe ich sie auf dem teuren Teppich laufen hörte.

»Du hast mir gefehlt«, sagte Laura.

»Ich habe auf dich gewartet.«

»Ich lebe gar nicht, wenn ich nicht bei dir bin. Ich habe außerhalb dieses Büros überhaupt kein Leben.«

Ich zog sie eng an mich. »So können wir nicht weitermachen, Laura.«

»Nein.«

»Ich halte es nicht mehr aus.«

»Ich auch nicht, Charley. Was sollen wir nur tun?«

»Ich weiß, was ich will. Ich will dich. Ich würde gerne mit dir eine Hochzeitsreise machen – vielleicht ein Jahr auf den Bahamas –«

»Nur ein Jahr? Das ist aber keine lange Hochzeitsreise.«

»Nur ein Jahr auf den Bahamas.«

Sie lachte. »Oh Charley. Was mache ich denn bloß? Warum kündige ich nicht? Warum gehe ich nicht einfach?«

»Willst du mich um den Verstand bringen?«

»Aber was gäbe es denn sonst, Charley?«

»Gib nicht auf. Sie kann ja nicht ewig leben.«

»Ist das nicht schrecklich, Charley? Aber so denke ich auch – ich liege nachts wach und denke es. Wenn sie nur sterben würde.«

»Wird sie nie.«

»Schade, daß sie nicht tot ist.« Sie erbebte. »Verabscheust du mich, wenn ich so etwas sage, Charley?«

»Warum sollte ich? Ich denke doch genauso. Wir denken beide so.«

»Ja. Ich weiß. Das macht mir Angst – allein schon, das zu wissen.«

Es stand schon die ganze Zeit zwischen uns. Wenn wir uns ansahen, lasen wir es einander von den Augen ab. Wenn wir uns unterhielten, stand es hinter den gleichgültigsten Dingen, die wir sagten.

»Du mußt mich daran hindern, so etwas zu denken, Charley.«

»Nein. Es ist besser, daß wir es jetzt offen ausgesprochen haben. Wofür lebt sie denn? Für einen Haufen Geld auf der Bank, das sie wiederkäut wie die Kuh ihr Futter.«

Ein Schauder überlief sie, sie packte meinen Arm und sah mir in die Augen. »Aber – wir würden es doch nie tun, nicht wahr, Charley?«

»Ich weiß nicht.«

»Jemanden zu töten … das ist schrecklich … aber du hast ja keine Ahnung.«

Ich trat von ihr weg und stellte mich ans Fenster. Dort unten wieselten Menschen herum, rannten sich über den Haufen, raunzten sich an. Warum töteten sie nicht? Weil sie Angst hatten. Aus keinem anderen Grund.

»Das stimmt nicht«, sagte ich. »Ich weiß, daß es schrecklich ist, zu töten. Aber ich weiß auch noch etwas anderes – daß es unmöglich ist, damit davonzukommen.«

»Wir werden es ja auch nicht tun, Charley. Wir sind doch wahnsinnig, überhaupt daran zu denken.«

Ich drehte mich um. »Du irrst dich. Wir werden es tun.«

»Wir?« Sie sank gegen den Schreibtisch.

»Wir. Wir beide. Du und ich. Wir versuchen doch gerade im Grunde gar nichts anderes, als abzuklären, wie wir es machen und damit davonkommen könnten. Und das weißt du auch.«

»Wir könnten es doch gar nicht, Charley.« Sie klapperte mit den Zähnen. Aber in ihrem Blick mischten sich Angst und Drängen. Ich wandte die Augen ab.

»Doch. Wir könnten.«

»Wie denn? Wie könnten wir sie denn umbringen? Was hat sie uns denn getan?«

»Sie hält uns voneinander ab. Sie hat das Geld, das wir brauchen. Und das hält uns noch zurück – das Geld. Stimmt's, Laura?«

»Wenn du es sagst, Charley.«

»Doch, sicher. Sie tut sich ja nicht mal selber gut. Sie wäre tot viel besser dran. Wir wollen ihr Geld … und wir wollen damit davonkommen.«

Sie lehnte lange schweigend am Schreibtisch. Schließlich flüsterte sie: »Ein Unfall, Charley? Tod durch Unfall?«

Ich lachte; es war ein scharfer, harscher Ton, den ich gar nicht wiedererkannte.

»Du denkst, weil ich Anwalt bin? Da könnte ich mir das mit dem Unfalltod aus dem Ärmel schütteln? Oh nein. Viel zu riskant. Sei froh, daß ich Anwalt bin. Ich kann dir sagen! Unfälle sind einfach nie nur Unfälle. Für jeden Unfall, der passiert, ist jemand verantwortlich – und sobald Geld mit im Spiele ist, wird der Unfall auseinandergenommen bis zum Gehtnichtmehr. Nein. Was wir auf gar keinen Fall wollen, ist so ein Schlamassel mit einer Versicherungsgesellschaft oder mit Gutachtern.«

»Aber du glaubst doch, daß du dieser Frau Homelin und ihrem Sohn helfen kannst.«

»Das ist etwas anderes. Da haben sie das Risiko. Ich bin ihr Anwalt – ihr Vertreter vor Gericht und ihr Berater. Alles, was ich für sie tue, hat Privileg – auch so ein Trick, den sich die Anwälte vor Gericht ausgedacht haben, um sichergehen zu können, daß Gerechtigkeit der einzige Unfall ist.« Ich drehte mich um. »Aber wenn ich in einen Unfall oder eine Verhandlung selbst verwickelt bin, dann ist das etwas ganz anderes. Ein Unfall, und auch sonst alles, was eine Versicherung auf den Plan rufen könnte, kommt überhaupt nicht in Frage.«

»Ist sie denn hoch versichert?«

»Nein. Nicht sehr hoch – jedenfalls für eine Frau mit einer halben Million. Ich bin viel besser versichert.« Wieder brach dieses seltsame Gelächter aus meinem Mund. »Wenn du mich umbringst, machst du wahrscheinlich mehr Gewinn.«

Zuerst wurde ihr Gesicht weiß, als hätte ich sie geschlagen. Dann sagte sie mit unsicherem Lächeln: »Dann werde ich das tun, Liebling. Das werde ich. Aber nicht so. Sondern langsam. Ich werde dich zu Tode lieben.«

»Ich kann es gar nicht erwarten, mit dem Sterben anzufangen.«

Am nächsten Morgen wartete ich schon auf sie, als sie ins Vorzimmer trat. Ich rief sie. Sie hatte noch den Hut auf, als sie zur Tür hereinkam.

Ich sagte: »Möchtest du es wirklich durchziehen?«

Sie schwieg und runzelte die Stirn. Dann nagte sie an ihrer Unterlippe. »Ich will dich, Charley. Das weißt du doch.«

»Dann willst du es also durchziehen?«

»Na gut.«

»Sprich es aus.«

Sie atmete tief durch. »Ich will es durchziehen, Charley. Mit dir zusammen.«

»Komm her.«

Als sie neben mir stand, die Schulter an meinem Arm, begann ich zu sprechen, so schnell ich konnte, damit alles rasch heraus war und sie begriff, wie klug wir sein würden.

»Ein Mord ist etwas, das sorgfältig überlegt werden muß. Man kann sich nicht darauf hinausreden, daß es ja immer wieder Leute gibt, die mit einem Mord davonkommen, und daraus eine Wahrscheinlichkeit für sich selbst ableiten. Wahrscheinlichkeit hat nichts damit zu tun. Man kann es sich nicht leisten, zu verlieren, wenn man mit einem Mord zu tun hat, und man kann es sich auch nicht leisten, auf das falsche Pferd zu setzen. Weißt du, wer mit Mord am ehesten davonkommt?«

Sie blickte mich unverwandt an, als würde sie von der Anspannung in meiner Stimme mitgerissen. »Wer denn, Charley?«

»Professionelle Killer. Weil sie sich nach beiden Seiten den Weg offenhalten. Aber wir sind keine Profis. Wir können auch niemanden bezahlen, damit er das für uns erledigt, wir müssen es selber machen. Aber Mord ist das allergrößte Verbrechen. Wir können nicht erwarten, daß wir einfach mal eben einen Mord begehen und dann so davonkommen. Dazu ist Mord etwas zu Großes, zu Auffallendes, und zieht zu viele Leute an, die ihn untersuchen wollen.«

»Schon gut, Charley. Ich vertraue deinem Urteil. Wenn du aus der Sache 'raus willst, vergessen wir es einfach.«

»Das habe ich doch nicht gesagt. Ich habe nur gesagt, daß wir schlau sein müssen. Es muß von vornherein ausgeschlossen sein, daß es zu einer Gerichtsverhandlung kommt – keine von den klugen und ganz legalen Methoden kommt in Frage, mit denen man *vielleicht* frei käme. Ich arbeite seit über 10 Jahren am Bezirksgericht. Ich kenne die Geschworenen. Geschworene – das bedeutet Vorurteile, Unwissen, das, was jemand gefrühstückt hat, wie er mit seiner Frau zurechtkommt, womit er sich gerade beschäftigt. Der eine Anwalt oder Verteidiger gefällt den Geschworenen, der andere nicht, und das ist das Einzige, worauf es ankommt. Ich riskiere doch nicht Kopf und Kragen bei einem Urteil von zwölf Idioten, denen zwei Anwälte erlaubt haben, auf der Geschworenenbank zu sitzen. Wir dürfen nicht vor Gericht kommen. Wir müssen es so machen, daß wir nicht nur nie erwischt, sondern daß wir nicht einmal verdächtigt werden.«

»Ja, Charley.« Sie legte die Hände auf meine Arme. »Ich weiß, daß du das schaffen kannst ... ich wußte es schon die ganze Zeit.«

»Es wird nicht leicht sein. Es braucht Zeit und darf nicht überstürzt werden. Wenn wir uns überhaupt dazu entschließen, müssen wir behutsam vorgehen und den Mord gut vorbereiten.«

»Ach, Charley. Wenn wir nur davonlaufen könnten – einfach auf und davon.«

»Klar. Sich wirklich was trauen. Großes Risiko. Und dann großer Gewinn – oder großer Verlust. So etwas ist schon in Ordnung, aber was mich betrifft, ich möchte auf jeden Fall behalten, was ich habe. Ich möchte hier bleiben, Laura. Vor allem will ich dich, aber ich will auch das Geld und alles, was ich mir dafür kaufen kann – alles, was mir bis jetzt fehlt. Das bekomme ich nicht, wenn ich alles riskiere und wegrenne. Ich möchte so davonkommen.«

»Aber gibt es denn eine Möglichkeit?«

»Sicher. Ich hab's dir doch gesagt. Schritt für Schritt. Und das Wichtigste ist, daß man sich später nicht immer umschauen muß.«

»Das verstehe ich nicht.«

»Ist das denn notwendig?«

»Na gut – ich vertraue dir.«

»Und du stehst zu mir? Bis zum Ende? Sag es mir.«

»Ich bin dabei, Charley. Bis zum Ende. Mit dir zusammen.«

Ihre Augen leuchteten – grün und hell.

Zu Mittag verließ ich das Büro. Ich mußte 'raus, weg von Laura, damit ich klar denken konnte. In ihrer Nähe waren da immer ihr Duft und mein Verlangen, sie zu berühren.

Ich schritt den Gang entlang. Ein Mann sprach mich zweimal an, bevor ich überhaupt bemerkte, daß da noch jemand zum Fahrstuhl ging.

»Oh, hallo, Doktor.«

Er lachte. »Junge, Junge, wo waren Sie denn gerade mit Ihren Gedanken?« Ed Murray hatte seine Praxis auf demselben Stockwerk wie ich. Er trug seinen Arztkoffer in der Hand und eilte wohl gerade zu einem Patienten. »Sie hatten einen Termin bei mir, Charley. Vor über einer Woche. Ich sagte Ihnen ja schon, daß Sie einen Arzt brauchen. Sie haben sich zu sehr abgerackert. Zu viel gearbeitet. Das kann unsereiner auf Dauer nicht mehr machen, Charley. Man sieht es allmählich.«

Ich lachte ihn aus. »Das müssen gerade Sie mir sagen«, sagte ich. »Sie, die wandelnde Vogelscheuche.«

»Bei mir ist das was anderes. Ich bin deshalb so fertig, weil ich keinen einzigen guten Arzt kenne. Diese Entschuldigung haben Sie aber nicht, Charley – Sie kennen ja mich. Kommen Sie heute nachmittag doch einfach mal vorbei.«

»Na sicher.«

Ich würde meine Zeit doch nicht beim Arzt verschwenden. Cora hatte schon vor Wochen mit diesem Unsinn angefangen. Hatte ständig gesagt, ich würde nicht genug essen, sie dauernd anfahren und überhaupt nicht mehr lächeln. Sie rief Ed an, und er stimmte ihr zu. Aber ich brauchte keinen Arzt; ich wußte, was mit mir los war.

Ich hatte es satt. Bis hier oben. Wenn die dachten, ich sei ein bißchen verrückt, um so besser. War ich ja auch. Vielleicht denkt man erst dann an Mord, wenn man auf der Kippe steht. Ich stand auf der Kippe. Ich arbeitete jetzt bereits sechzehn Jahre lang ohne eine Minute Pause. Schon das Gymnasium und die Uni hatten mich ausgelaugt. Ich blieb immer im oberen Drittel meiner Klasse, aber nur mit großer Mühe. Vielleicht hatte ich mir tatsächlich in meiner zehnjährigen Berufspraxis angewöhnt, die Dinge voreingenommen und schief zu sehen. All die Ideale, die ich in der Schule gelernt hatte, wurden mir schnell ausgetrieben, und ich kämpfte jetzt mit allen Tricks, die sich boten. Ich mußte erleben, daß Unschuldige verurteilt wurden und Verbrecher der Gerechtigkeit entgingen. Am Anfang hatte ich noch geglaubt, ich würde Recht und Gesetz vertreten. Dann aber mußte ich feststellen, daß an den Gerichten Gesetzlosigkeit herrscht, daß intelligente Geschworene unerwünscht sind, daß die Verfahren voller Tricks und Fallen sind, so daß tatsächlich Zeugen daran gehindert werden können, eine wichtige Aussage zu machen, oder umgekehrt dazu gebracht werden können, eine Unwahrheit oder Halbwahrheit zuzugeben. Mir kam das Ganze inzwischen nur noch wie eine einzige Erpressung vor, bei der einfach der schlaueste Erpresser gewann. Jetzt wollte ich etwas anderes – meine Freiheit und eine halbe Million Dollar. Um das zu kriegen, mußte ich schlauer sein als Polizeibeamte wie Frank Vanness und die Leute vom FBI – die größtenteils früher auch Anwälte gewesen waren und als sehr clever galten.

Alles, woran ich früher geglaubt hatte, war mir ausgetrieben worden, und jetzt wußte ich, was ich wollte. Und das war eine Herausforderung, die meiner würdig war, fand ich. Mein Leben gegen Coras Geld, meine Freiheit, alles, was Laura Meadill war oder jemals sein würde.

## 4

Ich ging nicht mehr ins Büro zurück. Um 5 Uhr kam ich nach Hause. Cora war ganz offensichtlich überrascht, mich zu sehen. »Bist du krank, Charley?« Sie legte ihre Handarbeit beiseite und fingerte an mir herum. Ich schüttelte ihre sanften Hände ab.

»Bin völlig gesund.«

»Dr. Murray hat angerufen.«

»Und?«

»Du hast einen Termin bei ihm versäumt.«

»War gar nicht fest ausgemacht.«

»Das ist nun schon der zweite Termin, den du nicht eingehalten hast. Hat er mir gesagt.«

»Na schön. Dann kapiert er's jetzt vielleicht endlich. Ich will nicht zu ihm. Ich brauche keinen Arzt. Ich weiß selber, was bei mir das Problem ist.«

Sie atmete tief. »Was ist es denn, Charley? Bin ich es?«

Ich schenkte mir einen Whisky ein, unverdünnt und ohne Eis, und trank ihn aus. »Warum sollte ich dir nicht die Wahrheit sagen? Natürlich bist du es, zumindest teilweise. Aber du kannst nichts dafür. Du bist, wie du bist. Und ich bin, wie ich bin.«

»Wie hättest du denn gerne, daß ich wäre, Charley? Ich werde mich bemühen. Ehrlich, das werde ich.«

»Vielleicht will ich gar nicht, daß du dich bemühst. Vielleicht ist es das. Zum Bemühen ist es schon zu spät. Ich kann's nicht ändern. Ich kriege Platzangst, wenn ich hier nur hereinkomme. Du erstickst mich. Ich kann es nicht ändern, Cora.« Ich schenkte mir noch ein Glas ein.

»Bitte, Charley. Du trinkst zu viel.«

»Kannst du dir vorstellen, Cora, daß ich nie trinke, wenn ich nicht in deiner Nähe bin? Ich brauche nur dann etwas zu trinken, wenn ich in diesem Hause bin.«

Sie ließ sich auf die Couch sinken und strich mit den Fingern nervös über ihre Handarbeit. »Ach, Charley. Hast du es nötig, mich zu verletzen? Ist es das, Charley? Tut es dir gut, wenn du mich verletzen kannst?«

Ich ging durch's Zimmer und schaute auf sie hinab. »Cora, ich will dich überhaupt nicht verletzen.«

»Tust du aber.«

»Ja. Tu ich. Aber es fällt mir nicht leicht, Cora. Wenn du dich scheiden lassen würdest, hättest du es hinter dir.«

»Nein, Charley. Du hättest es hinter dir. Das meinst du doch.«

»Na schön. Wir hätten es beide hinter uns.«

»Aber das ist es ja gerade, Charley. Ich will es gar nicht hinter mir haben. Wenn du dir das alles nur aus dem Kopf schlagen würdest. Wir könnten ja vielleicht wegfahren –«

»Ich will aber gar nicht wegfahren.«

»Du wirst schon darüber hinwegkommen, Charley. Du liebe Güte, es ist ja nicht das erste Mal, daß du mich um eine Scheidung bittest. Es wird wohl auch nicht das letzte Mal sein.«

Ich schaute sie lange an. Das wird dir jetzt zeigen, Cora, dachte ich, daß du mich doch nicht so gut kennst, wie du immer glaubst.

»Doch, es ist das letzte Mal, Cora. Im Ernst.«

»Ich möchte nicht darüber reden.«

»Wir müssen aber darüber reden, sonst passiert etwas Schreckliches.«

»Wie kannst du nur so etwas sagen, Charley? Mir gefällt mein Leben sehr gut. Wir haben ein reizendes Haus, reizende Freunde. Niemand hat einen so guten Ruf wie du. Es gefällt mir sehr gut, Mrs. Charles Brower zu sein.«

Ich strich mir mit dem Handrücken über den Mund.

»Und im übrigen, Charley, glaube ich nicht an Scheidung.«

»Nein. Das kann ich mir vorstellen.« Ich stieß ein sarkastisches Lachen aus. »Glaubst du an die Liebe, Cora?«

Sie lächelte und schüttelte den Kopf. »Nie davon gehört. Oder – warte mal, haben wir uns da nicht mal alle beide eines schönen Frühlings auf der Uni infiziert? Es war sehr ansteckend. So weit ich mich erinnere, hatte das in dem Frühling fast jeder.«

»Immerhin hast du dich geradezu wundersam schnell davon erholt.«

»Na also, das ist schon besser, Charley. Jetzt lächelst du wenigstens wieder.«

»Sicher. Man muß lachen. Was zum Teufel bringt es, wenn man weint?«

So, ich hatte es versucht. Ich wollte Cora ja eigentlich gar nicht umbringen. Ich wollte lediglich meine Freiheit, nicht wahr? Oder etwa doch nicht? Drehte ich es vielleicht nur so hin, damit es besser aussah? In dem Augenblick hätte ich es nicht sagen können. Wenn Cora jetzt einer Scheidung zugestimmt hätte ... aber das tat sie nicht; und ich hatte die ganze Zeit gewußt, daß sie es nicht tun würde.

In dieser Nacht konnte ich nicht schlafen. Ich fühlte mich, als wäre ich auf die Folter gespannt und die würde immer noch ein Stück weiter angezogen.

Laura wollte am nächsten Tag mit mir zu Mittag essen gehen. Ich sagte ihr, ich müsse zu einem Klienten.

»Ich kann mich an gar keinen Termin erinnern«, sagte sie.

Ich blickte zu ihr auf. »Es ist auch keiner notiert. Ich hab's erst gestern abend ausgemacht, per Telefon.«

»Entschuldige, Charley. Es ist nur – ach, ich weiß auch nicht. Du benimmst dich so seltsam. Ich habe dich gestern den ganzen Tag und den ganzen Abend nicht gesehen. Du hast auch nicht angerufen. Willst du dich doch aus der Sache zurückziehen? Das kannst du machen, wenn du willst. Ich gehe einfach. Dann kannst du das alles vergessen.«

Ich ging schnell um den Schreibtisch herum auf sie zu. Ich riß sie in die Arme, drückte sie an mich, spürte all die Erregung und Wärme von ihr zu mir herüberströmen.

»Sag so etwas nicht«, sprach ich zu ihr. »Sag so etwas ja nie wieder.«

Sie schloß langsam die Augen. »Schon gut, Charley. In Ordnung.«

»Victoria. Victoria Haines.«

Im überfüllten Speisesaal des Brahma drehte sie sich um und starrte mich einen Augenblick lang an. Ich grinste insgeheim, da ich wußte, daß sie zu kurzsichtig war, um mich zu erkennen, und zu eitel, um eine Brille zu tragen.

Ich trat näher, und jetzt hatte sie wohl die undeutlichen Umrisse von mir identifiziert. Sie lächelte und kam mir mit ausgestreckten Armen entgegen.

»Hey, Charley, Charley Brower. Was machen Sie denn hier mitten am Tage? Sind Sie allein?«

»Ja. Ich habe Sie gesucht.«

»Oh, Sie Lügner. Aber ich liebe es, wie Sie lügen. Sie haben doch schon jahrelang nicht mehr an mich gedacht.«

»Unsinn.«

»Haben Sie schon etwas zu sich genommen?«

»Ein paar Martinis. Würden Sie vielleicht mit mir essen, Victoria?«

Sie kaute für den Bruchteil einer Sekunde an ihrer Lippe. »Ich bin mit ein paar Mädchen da –«

»Natürlich. Kein Problem.«

»Warten Sie doch mal. Ich muß nur kurz mit ihnen sprechen. Bin gleich wieder da.« Sie drückte mir ganz fest die Hand. »Sie wissen gar nicht, wie aufregend ich das finde, Charley.«

Ich sah ihr nach und dachte, daß auch sie nicht wußte, wie aufregend ich es fand. Ich war einzig und allein hierher gekommen, um sie zu suchen, und wollte schon fast wieder gehen, als sie auftauchte.

Sie kam wieder an die Bar, wo ich an einem Barhocker lehnte und auf sie wartete. Ich dachte, sie sei ein besonders perfektes Produkt jenes speziellen Fließbands, das die Victoria Hainesse herstellte.

Wenn man Victoria ansah, fragte man sich unwillkürlich, wie sie wohl ohne Schönheitsfarm, Modesalon und Schuhboutique aussehen würde. Aber das spielte keine Rolle. Sie war nun mal das bis ins Letzte geglättete Endergebnis. Man hatte jedes einzelne ihrer braunen Haare in die richtige Form gebracht und festgesprüht, ihren Augen Lidschatten und Lidstrich angedeihen lassen, um deren kurzsichtiger Bläue Tiefe zu verleihen, hatte ihr die Wangen mit Rouge gehöht und die Lippen bemalt. Man hatte all ihre natürlichen Vorzüge betont und gesteigert. Nicht, daß bei Victoria Haines irgend etwas nicht gestimmt hätte. Sie war gut gelungen. Was sie aber von anderen unterschied, war ein inneres Glühen an ihr. Es schien einem zuzuflüstern, daß sie sich den Lippenstift verschmieren, das Haar zerwühlen, das Kleid vom Leib reißen würde, wenn sie dazu nur den richtigen Impuls empfangen würde. Und mehr noch, in ihren Augen las man, daß man selbst – und sonst kein anderer Mann – ihr eben diesen Impuls zu geben fähig sei.

Wir setzten uns und bestellten, und Victoria wiederholte, wie begeistert sie sei, daß sie mich durch so einen wunderbaren Zufall getroffen habe.

Ich hatte ihr zu einer Scheidung von Chet Haines verholfen. Es hätte Schwierigkeiten geben können, aber ich arrangierte alles für sie aufs Beste, und das vergaß sie mir nie. Als ob ich ihr das Leben gerettet hätte – so jedenfalls sah sie es –, und ihrer Meinung nach war es nur mir zu verdanken, daß sie eine zweite Chance in puncto Glück bekam.

»Was treiben Sie denn immer so, Charley?«

»Oh, ich schaue Cora beim Handarbeiten zu. Ich befreie Frauen aus ihrer Ehe, von der sie einmal geglaubt hatten, der Himmel habe sie ihnen geschenkt.«

»Fühlen Sie sich nie einsam?«

»Wie könnte ich das? Habe ich nicht Cora?«

»Ach, hören Sie doch auf, Charley. Sie reden mit mir, mit Victoria. Ich kenne Cora. Sogar recht gut. Ich habe sie sehr gern. Sie ist ein lieber Kerl. Aber für Sie? Oh, armer Charley.«

»Reden wir von etwas anderem.«

»Na gut. Haben Sie in letzter Zeit irgendwelche interessanten Bücher gelesen?«

»Sie wissen doch. Es ist schön, hier so mit Ihnen zusammen zu sitzen.«

Sie runzelte die Stirn, und zwischen ihren vollendet geformten Brauen zog sich eine winzige Falte zusammen.»Charley, was soll das? Warum sind Sie plötzlich so aufmerksam?«

»Doch nicht plötzlich. Ich habe Sie immer schon sehr gerne gehabt, Victoria.«

»Schreien Sie so etwas doch nicht heraus wie ein schlechtes Ergebnis beim Golf, Charley. Nach meiner Scheidung von Chet – nachdem Sie das so für mich erreicht hatten – war ich in einem Zustand von – also, in einer Art Umbruch. Ich brauchte etwas. Ich hätte Sie angebetet, wenn Sie nett zu mir gewesen wären.«

»Ich konnte doch Ihre Lage nicht ausnutzen.«

»Warum denn nicht? Ich wollte es doch. Ich brauchte jemanden. Und jetzt gefällt es Ihnen ganz plötzlich, mit mir hier zu sitzen.«

»Es würde mir überall mit Ihnen gefallen, Victoria.«

Ihre Augen wurden ein wenig schmaler. Nach einem ganz kurzen Schweigen sagte sie sehr sanft: »Ach wirklich, Charley? Na gut, das werden wir ja sehen.«

Die Leute drehten sich nach uns um, als wir zusammen das Lokal verließen. Ich war mir des Getuschels um uns bewußt; ich war mir außerdem bewußt, daß Victoria es auch war. Genau das hatte ich gewollt, und es kam mir fast so vor, als ob Victoria das auch argwöhnte.

Aber das machte mir rein gar nichts aus – das nicht. Als ich um 2 Uhr in mein Büro zurückkehrte, saß Laura auf meinem Richterstuhl und wartete auf mich. Sie beobachtete, wie ich das Büro durchquerte.

Ihre Stimme war kalt. »Wer war das?«

Ich versuchte zu lachen: »Wer?«

»Die Frau, mit der du essen warst.«

»Du klingst ja wie eine Ehefrau.«

»So? Na, vielleicht. Aber du darfst etwas nicht vergessen, Charley, jedenfalls hoffe ich für dich, daß du es nicht vergißt. Wir haben da etwas zusammen. Und das ist nicht gerade ein Spiel. Ich würde dir gerne trauen können. Wenn ich dir aber nicht trauen kann ...«

Aha, sie zeigte mir also die Zähne. Das war eine ganz andere Laura. Sie ließ im Augenblick völlig die Zügel schießen. Ihre nußbraunen Augen flammten; es lag Haß in diesen Augen. Ich konnte mir durchaus vorstellen, daß sie gleich über den Schreibtisch springen und mir das Gesicht zerkratzen würde.

Ich lachte. Zum ersten Mal seit Wochen fühlte ich mich wohl.

»Hör auf zu lachen, du Idiot. Macht da mit einer anderen Frau ’rum. Gottseidank bin ich noch dahintergekommen, bevor –«

Sie sprang auf. Ich fing sie in meinen Armen. Sie schlug nach mir und wand sich los. Sie versuchte wegzurennen, doch ich erwischte sie wieder und zog sie zurück. Wir verloren das Gleichgewicht und stürzten hart auf die Ledercouch. Sie versuchte zu treten und zu kratzen, aber ich drückte sie nieder und hielt sie so eng an mich gepreßt, daß sie fast keine Luft bekam.

Noch immer warf sie den Kopf hin und her, und das Haar fiel ihr ins Gesicht, bis ich schließlich meinen Mund hart auf den ihren drückte. So hielt ich sie fest, bis sie aufhörte, sich zu wehren, bis sie die Arme um mich schlang und ich sie zittern spürte.

»Oh, Charley. Du machst mich wirklich wahnsinnig. Da drehe ich fast durch, und dann küßt du mich einfach, und schon kann ich mich nicht mehr wehren.«

»Du mußt dich auch nicht wehren.«

»Wer ist das, Charley? Sie hat schon zweimal hier angerufen – bevor du zurückkamst.«

»Du hast ihr hoffentlich gesagt, daß ich zurückrufen würde.«

»Sie hat mir ihren Namen nicht genannt, aber ich weiß, daß sie es war. Sie fragte jedesmal, ob Charley schon zurück sei.«

»Tut mir leid, Liebling. Aber hör jetzt gut zu. Ich bin heute mit Absicht ins Brahma gegangen.«

»Das glaub' ich.«

»Sei still und hör zu.«

»Sie hat andauernd angerufen.«

»Ich hoffe, sie ruft weiter an.«

»Dann kannst du ohne mich weitermachen. Auch wenn mich deine Küsse im Innersten aufwühlen – ich habe keine Lust, sie mit einer anderen zu teilen.«

»Das war Victoria Haines, Laura. Sie wird noch oft hier anrufen. Ich möchte, daß du einen klaren Standpunkt beziehst. Du bist, was Victoria Haines betrifft, ausschließlich meine Sekretärin. Und das ist alles.«

Sie versuchte sich wieder freizukämpfen. Ich stieß sie heftig zurück auf die Couch.

»Du wolltest doch bei der Sache mitmachen, oder? Also, dann mußt du mir jetzt vertrauen. Das, was ich vorhabe – das funktioniert nur, wenn ich gut aufpasse. Und mir Victoria Haines aufzubauen, das gehört da mit dazu.«

»Ich weiß überhaupt nicht, wovon du sprichst.«

»Dann halt doch den Mund und hör zu. Für mein Vorhaben brauche ich sie. Ich warne dich jetzt schon, Laura, es darf über uns keinen Klatsch geben – über dich und mich – nicht ein einziges Mal. Wenn auch nur ein einziger Mensch Verdacht schöpft, daß wir verliebt sind, dann ist das bereits einer zuviel.«

»Dann hast du also nicht einmal vor, daran zu denken.«

»Wir müssen vorsichtig sein, Laura. Das weißt du doch. Vielleicht habe ich mehr zu gewinnen als du – aber Cora hat nun mal eine Menge Geld, und das kommt auf mich.«

»Und was hat diese Haines mit dem Ganzen zu tun?« Sie versuchte sich aufzurichten und loszumachen.

»Meine Süße, das ist es ja gerade. Alles hat sie damit zu tun. Victoria Haines wird der Grund sein, warum Cora sich von mir scheiden läßt.«

Sie lag einen Augenblick ganz still, mit tiefdunklen Augen.

»Läßt Cora sich denn von dir scheiden?«

»Nein. Aber es muß so aussehen, als würde sie das, Schatz, wenn wir obenauf bleiben wollen. Und darum mußt du mir vertrauen, und da sind wir wieder bei Victoria Haines. Du mußt mir vertrauen.«

»Tu' ich aber nicht.«

Ich preßte meinen Mund hart auf den ihren. »Solltest du aber. Von jetzt an solltest du das aber.«

Sie wand sich unter mir, versuchte aber nicht mehr freizukommen.

Das Telefon schrillte durch die Büroräume.

»Das ist sie«, sagte Laura an meinem Mund. »Das ist sie schon wieder.«

»Sei doch froh, Liebling«, sagte ich zu ihr, »denn jetzt hat es angefangen. Nur gerade im Augenblick – da lassen wir es lieber läuten.«

## 5

Als meine Erregung so weit gestiegen war, daß ich fast platzte, setzte sie sich auf und fuhr sich durch's Haar. Ich sah ihre Augen glühen. Sie waren so grün wie noch nie und schienen gleichzeitig in Tränen zu schwimmen und trocken zu sein.

Sie stieß mich weg.

»Mein Gott, ich halte das nicht mehr aus, Laura. Nicht so.«

»Für mich ist es auch nicht leichter.«

»Wie lange noch, Laura? Wie lange werde ich noch warten müssen?«

»Ich weiß es nicht, Charley. Das liegt an dir. Für mich ist es auch nicht einfacher. Sogar schlimmer … Ich habe ja gar nicht gewußt, daß es so etwas gibt. Ich muß auch warten.«

Ich stand auf und knöpfte mir den Kragen auf. »Ich werde noch wahnsinnig, dich so zu begehren und immer wieder zurückgewiesen zu werden.«

Sie stand auch auf. Ihre Stimme war ganz leise. »Wenn du die Wahrheit wissen willst, Charley, ich trau' dir nicht.«

»Ist ja großartig. Und warum nicht? Wegen Victoria? Ich hab's dir doch erklärt. Sie bedeutet mir nicht das Geringste.«

»Es liegt nicht an Victoria Haines. Nicht an irgendeiner Einzelheit. Es ist das Ganze. Wir ... wir sind da in etwas drin, Charley. Wie du sagst, wir tun es wegen des Geldes, und für deine Freiheit – und füreinander. Aber für mich könnte es schlecht ausgehen –«

»Was sagst du da?«

»Ich hatte noch nie jemanden. Ich werde dich haben ... aber ich will sicher gehen, daß du mich auch wirklich willst – wenn es vorbei ist.«

»Ach du großer Gott.«

Sie packte mich an den Armen, und die grünen Augen glühten wieder auf. »Hast du gehört, Charley? Egal wie lange wir warten müssen ... du mußt mich dann noch wollen.«

»Wie lange werde ich denn noch warten müssen?«

Ich konnte ihr Flüstern kaum hören. »Das liegt an dir.«

Ich schaute ihr in die Augen, konnte aber nichts darin lesen.

»Wir dürfen nichts überstürzen, Laura.«

»Na schön.«

»Mein Gott. Was willst du denn? Soll ich mir einen Revolver besorgen und sie niederschießen? Da hat man dann den Knall, die Kugel, den Revolver selbst. 'Ne Menge Dinge, die untersucht und auseinandergenommen werden können. Ich glaube nicht, daß wir damit jemals davonkommen würden.«

»Oh, Charley. Das meine ich doch gar nicht.« Ihr Gesicht war leichenblaß. »Du weißt doch, was ich will, Charley. Ich will dir gehören.«

Ich sprach leise, aber in dem stillen Büroraum klang es wie Geschrei. »Wir dürfen es nicht übereilen«, sagte ich. Ich nannte ihr die Waffen, die ich in Betracht gezogen und bereits verworfen hatte: einen Revolver, weil er irgendwo auftauchen und zurückverfolgt werden könnte. Und ein Messer. Es überlief mich kalt, wenn ich an ein Messer auch nur dachte. Ich hätte niemals eins benützen können, obwohl im allgemeinen viel für ein Messer sprach. Professionelle Mörder benutzten Messer. Bei Verbrechen aus Leidenschaft kamen Messer vor. Man konnte ein gewöhnliches Küchenmesser benutzen, wie es in Hunderten von Läden zu kaufen war, das würde nie zurückverfolgt werden können. Aber schon wenn ich hier im Büro auch nur davon sprach, sah ich den Blutschwall vor mir, roch die üble, süßliche Wärme, spürte den klebrigen Schleim, den man nie wieder wegwaschen würde können.

»Nur ein einziger Blutfleck auf der Haut oder der Kleidung«, sagte ich. Mich schauderte. »Das genügt schon für das Polizeilabor.«

»Schon gut, Charley. Ich finde es ganz richtig, daß du es dir auszureden versuchst. Das ist ganz in meinem Sinne.«

»Aber das tu' ich doch gar nicht. Ich rede so viel darüber, um schließlich die einzige Möglichkeit zu finden, in der es geschehen kann – und so geschehen kann, daß ich niemals verdächtigt werde.«

Ich befand mich vor dem schicken Eingang des großen Maxson-Richards-Kaufhauses in der Hauptstraße.

Ich blieb kurz auf dem Gehsteig stehen und ließ mir die Sache durch den Kopf gehen. Jetzt tat ich den zweiten Schritt zur Ermordung meiner Frau. Ich brachte Cora in diesem Augenblick um, so sicher, als würde ich ihr den Atem aus der Lunge pressen. Ich hatte sie auch schon getötet, als ich im Brahma saß und mit Victoria Haines lachte und redete, während all die falschen Freundinnen Coras uns zusammen sahen.

Leute liefen an mir vorbei, auf beiden Seiten an mir vorbei, sie eilten, lachten, redeten. Die Sonne reflektierte in dem großen Schaufenster, und ich starrte kurz in den Glanz des widergespiegelten Lichts.

Ich betrat den Laden. Durch die Gänge schoben sich ganze Herden von Frauen. Sie sahen alle genauso aus wie Cora, genau so dick und genau so sehr damit beschäftigt, Geld auszugeben, weil sie sonst nichts hatten, womit sie sich beschäftigen konnten.

Ich ging langsam auf die Strumpfabteilung zu. Ich wollte Cora ein Paar Strümpfe kaufen. Eine Frau, die dabei gewesen war, kleine Packungen in die Regale hinter dem Ladentisch zu stapeln, wandte sich mir bereits zu, als ich meinen Entschluß wieder änderte.

Es war zwar ein kluger Schachzug, Strümpfe zu kaufen, die so billig und so verbreitet waren, daß man sie nicht zurückverfolgen würde können. Aber war es klug, wenn ich sie kaufte? Diese blöde Frau da am Ladentisch würde sich vielleicht daran erinnern, daß ich Strümpfe gekauft hatte. Sogar in unserem aufgeklärten Zeitalter wirkt es etwas komisch, wenn ein Mann seiner Frau Wäsche kauft.

In diesem Fall war zwar nichts daran komisch, aber ich erkannte plötzlich, daß ich fast meinen ersten entscheidenden Fehler gemacht hätte. In diesem Spiel durfte mir kein einziger Fehler unterlaufen. Billige Strümpfe zu kaufen war zwar richtig, aber wenn *ich* sie kaufte, war das nicht richtig. Ein Mann, der seiner Frau billige Strümpfe kaufte, fiel genau so auf wie ein grölender Trunkenbold oder wie einer, der mit Trinkgeldern um sich warf – man würde sich an ihn erinnern.

Ich schüttelte den Kopf und ging weg.

»Charley. Charley Brower!«

Ich wäre fast mit Victoria Haines zusammengestoßen. Im Stillen dankte ich Gott, daß ich die Strümpfe nicht gekauft hatte.

»Was machen Sie denn hier in dieser Abteilung?« sagte Victoria. »Haben Sie vielleicht eine Freundin?«

»Wissen Sie das nicht, Victoria?«

»Ich wüßte es nur zu gerne, Charley. Ich habe Sie zu erreichen versucht. Nachdem wir uns getroffen hatten, habe ich angefangen, nachzudenken ... Was Sie brauchen, ist etwas Abstand – Sie sind viel zu angespannt. Quält Sie etwas?«

»Mich? Sie versuchen mir zu schmeicheln.«

»Nein. Ich meine es ernst. Was Sie brauchen, ist ein ruhiger Abend, Charley. So wie ich ihn für Sie arrangieren könnte. Ein kühler Drink, keine Freunde, überhaupt keine anderen Leute, Langspielplatten und gedämpftes Licht. Wie finden Sie das, Charley?«

»Wo kann ich buchen?«

»Heute abend, Charley? Wäre es Ihnen heute abend recht?«

»Sie vergessen, daß ich verheiratet bin.«

»Ja. Also heute abend, Charley? So gegen acht?«

Ich stand am Fenster und schaute hinunter auf die Hauptstraße. Ich rührte mich nicht, bis die Türe aufging und Laura eilig herein trat.

»Charley. Da hast du sie.«

Ich drehte mich um, und sie warf eine Packung von Maxson-Richards auf den Schreibtisch. »Danke.«

Ich machte die Packung auf, zerknüllte das Papier von Maxson-Richards und warf es in den Papierkorb.

»Was hast du denn mit ihnen vor, Charley?«

Ich machte die Schachtel auf. »Sind das billige?«

Sie lachte. »Die werden zu Tausenden hergestellt. Mit eingebauter Laufmasche.«

»Gut.«

Ich öffnete meinen Aktenschrank und ließ die Strümpfe hineinfallen. Dann stand ich da und schaute auf sie hinunter. Ich dachte: Adieu, Cora. Das ist jetzt wirklich das Adieu, aber keiner kann sagen, ich hätte dir nicht jede nur denkbare Chance gegeben.

»Hast du's gemütlich, Charley?«

Der Schmelz von Victorias Stimme floß über mich hin wie Schokoladensoße über Eis. Ich ruhte zurückgelehnt auf ihrem Diwan, im milden Licht einer fernen indirekten Beleuchtung, zum besänftigenden Gesäusel von Langspielplatten. Alles war darauf angelegt, mich zu entspannen, aber das Gegenteil war der Fall: ich schwitzte vor Ungeduld. Aber ich blieb so sitzen.

»Ich fühle mich wohl. Sehr wohl, Victoria.«

»Das hättest du die ganze Zeit schon haben können, Charley. Das – und alles, was du sonst noch wolltest.«

Sie glitt mit der Hand seitlich an meinem Hals entlang. Ihre Berührung war sanft, die Finger streichelten mich nur eben, und am Anfang hatte sich das eigentlich ganz angenehm angefühlt. Jetzt aber kam es mir so vor, als würden mich Ameisen bei lebendigem Leibe zerfressen.

»So ist es nun mal; da kann man nichts machen, wenn jemand blind ist.«

»Bist du auch taub, Charley?«

»Nein, nur dumm.« Ich schloß die Finger über ihrer Hand und brachte sie dadurch einen Augenblick zum Stillhalten. »Warum, Victoria?«

»Glaubst du, ich will einen anderen als dich? Glaubst du, ich hätte das jemals gewollt?«

»Keine Ahnung.«

»Dann bist du ein Narr. Nie könnte ich einen anderen so sehr begehren wie dich. Deswegen wollte ich dir auch unbedingt sagen … ich bin für eine Woche nicht in der Stadt, Charley.«

»Ist das eine gute Nachricht für mich?«

»Allerdings – falls du sie nicht absichtlich mißverstehst, Charley.« Sie streichelte schon wieder mit den Fingern über meinen Hals. »Ich fahre morgen früh – nach Atlantic City. Vielleicht würdest du – sagen wir mal übermorgen – geschäftlich irgendwohin verreisen müssen, Charley?«

»Mensch, Vic, das klingt ja verlockend. Ich weiß aber noch nicht. Es ist furchtbar kurzfristig.«

»Ach, hör' auf, Charley. Du machst doch andauernd Geschäftsreisen. Ich weiß das. Du könntest weg, wenn du wolltest.«

»Ich will absolut, Vic. Aber ich muß erst mal schauen.«

»Du wirst es nicht bereuen, Charley. Ich versprech dir, daß du es nicht bereuen wirst.«

»Das weiß ich schon jetzt.«

»Versprochen?«

Ich hielt sie hin. Ich wollte sie nicht zu sehr in Sicherheit wiegen. Dann würde sie ihre Vorbereitungen zu sorgfältig treffen, zu heimlich.

Und das war das letzte, was ich wollte – außer Victoria Haines.

Ich hielt auf dem Heimweg an der ersten Telefonzelle an. Ich ging hinein, zog die Türe zu, horchte auf die Klimaanlage, die sich einschaltete, während ich wählte. Das Telefon läutete zehnmal. Ich begann zu schwitzen. Wo war Laura? Warum war sie nicht zu Hause?

»Hallo.« Lauras Stimme klang verschlafen und warm, erfüllt von einer Wärme, die durch das Kabel strömte und in mich eindrang.

»Bist du wach?«

»Jetzt schon. Wie spät ist es denn?«

»Keine Ahnung. Paß auf. Du erfindest eine Tante, die irgendwo krank geworden ist. Erzähl' jedem davon, der sich dafür interessieren könnte. Pack deine Koffer. Ich möchte, daß du jederzeit nach New York fliegen kannst«.

»Warum?«

»Weil Victoria Haines morgen nach Atlantic City fährt.«

»Vielleicht bin ich doch noch nicht ganz wach. Ich kapier's nicht.«

»Jedesmal, wenn sie die Stadt verläßt, können wir beide das auch tun. Also pack jetzt. Wir treffen uns morgen früh im Büro.«

## 6

Als mich Victoria am nächsten Abend um acht Uhr auf dem Bahnhof erblickte, ging in ihrem Gesicht etwas vor. Sie errötete und sah so verwirrt aus wie ein Teenager.

Sie schaute mir erst ins Gesicht, dann auf die Reisetasche, die ich bei mir hatte.

»Charley.« Ihre Stimme war ein merkwürdiges Flüstern. »Fährst du mit diesem Zug?«

»Du etwa nicht?«

»Doch. Hatte ich dir ja gesagt. Aber findest du das – sehr diskret?«

Ich grinste sie an. »Das vielleicht nicht. Aber so geht es schneller.«

Einen Augenblick lang runzelte sie die Stirn. Sie sah sich auf dem Bahnhof um. Eine Schar von Freundinnen drängte gerade durch die Türen herein, um sie zu verabschieden.

»Du mußt vorsichtig sein, Charley, bitte. Wir sehen uns dann im Zug.«

Vorsichtig sein war das Letzte, was ich im Augenblick wollte, aber davon sagte ich Victoria nichts. Sie machte ein seltsames Gesicht, fast als hätte sie mich bisher überschätzt und bezweifle plötzlich vieles, was sie immer von mir geglaubt hatte.

Nur eines ärgerte mich. Es waren nicht viele Freundinnen von Cora auf dem Bahnhof.

Laura wartete in ihrem Hotelzimmer in der Nähe des Times Square. Ich meldete mich bei der Rezeption, unterschrieb voller Ungeduld und tat voller Ungeduld so, als würde ich das Zimmer begutachten, das man mir zugeteilt hatte.

Ich klopfte an die Türe, und sie riß sie sofort auf.

Sie war nicht geschminkt, hatte das Haar offen auf die Schultern fallen und trug ein helles Negligé locker um die Taille gegürtet.

»Oh, Charley. So früh habe ich dich ja gar nicht erwartet.«

»Reißt du wohl für jeden Mann die Türe so auf, wenn er anklopft?«

Sie lachte und zog mich hinein. »Wie war die Fahrt?«

Ich sah sie an, sah ihre intimen Sachen an, die über das ganze Zimmer verstreut waren, mit dem Duft ihrer Kosmetika auf dem Frisiertisch.

»Langweilig«, sagte ich. »Victoria hatte Angst, daß man über uns redet. Ich fürchte, sie ist sehr enttäuscht von mir. Auch als ich ihr sagte, daß ich in Philadelphia umsteigen müsse, weil ich ein paar Tage in New York zu tun habe, hatte sie weiter ihre Befürchtungen, weil man das zu Hause ja nicht mitkriegen würde – und es sicher Klatsch geben würde.«

Ohne es beabsichtigt zu haben, standen wir plötzlich dicht voreinander. Ich preßte die Hände fest auf ihr Negligé.

»Ich möchte nicht, daß du überhaupt noch zu ihr fährst.«

»Mach ich vielleicht auch gar nicht.«

»Ich wünschte, es könnte immer so bleiben.«

»Du liebst mich doch?«

»Was hast du zu Cora gesagt?«

»Was sollte ich zu Cora schon sagen? Daß ich geschäftlich auswärts zu tun habe. Das wird sie akzeptieren müssen.«

»Was werden sich wohl die Leute denken? Wenn wir beide nicht in der Kanzlei sind?«

»Was sollen sie sich schon denken? So wie sie mich vor Victoria fliehen sahen, da auf dem Bahnhof, werden sie überhaupt nicht dazu kommen, über dich zu reden.«

»Und wie ist es, wenn du nun doch noch da hinunter fährst zu Victoria?«

»Und wie ist es jetzt, in diesem Moment?«

»Oh, Charley, du machst mich noch verrückt.«

»Liebst du mich?«

»Das mußt du doch wissen.«

»Es ist aber nicht dasselbe, wie es von dir zu hören. Sag's.«

»Ich liebe dich, Charley. Ich bin verrückt nach dir, Charley. Ich liebe dich, Charley.«

»Und du hältst mich jetzt nicht mehr länger hin?«

»Willst du nicht lieber warten – wenigstens, bis du deinen Mantel ausgezogen hast?«

Ich ging vor dem riesigen Kaufhaus in der 14ten Straße auf und ab. Ich sagte mir ununterbrochen, daß New York unvorstellbar groß sei und es daher mehr als unwahrscheinlich sein mußte, hier einen Bekannten zu treffen. Und doch schien mir Laura für ihren simplen Einkauf stundenlang zu brauchen.

Wir waren zusammen durch den Schnäppchenmarkt im Untergeschoß gegangen, und ich hatte ihr in groben Zügen erklärt, was für Sachen ich wollte. »Sieh zu, daß es etwas Einfaches ist, und kauf' ihr das Kleid nicht, wenn nicht noch mindestens sechs andere davon auf der Stange hängen. Nimm die billigste Unterwäsche.«

Ich sah die Autos vorüberfahren und die Menschen vorübergehen. Ich schwitzte.

Alles würde sich schlagartig ändern, wenn jemand mich aufgrund irgend so eines verrückten, unmöglichen Zufalls vor diesem Kaufhaus erkennen würde. Ich hatte mich im Hotel unter falschem Namen eingetragen. Ich konnte schwören, daß ich nicht in New York gewesen sei, jedenfalls nicht hier unten in der 14ten Straße. Niemand konnte das Gegenteil beweisen. Da begriff ich plötzlich, was mir solches Unbehagen verursachte. Nämlich, daß ich vielleicht würde lügen müssen. Mit einem Mord mochte man noch davonkommen; eine Lüge hingegen konnte zur Falle werden.

Wenn man log, mußte man an alles denken.

»Charley.«

Ich fuhr herum. Da stand Laura vor mir, mit Einkaufstüten beladen. Sie sah jung und lieb aus, ganz wie eine junge Hausfrau, die günstig Sonderangebote einkauft.

»Das hat aber lange gedauert.«

»Charley. Auch ein billiges Kleid kann man nicht einfach so im Handumdrehen kaufen. Du solltest sehen, was für eines ich ihr gekauft habe. Ich würde darin nicht tot gefunden werden wollen.«

Wir starrten uns an. Für einen Augenblick verstummte der Lärm der geschäftigen Straße, und wir standen allein in der Stille.

Sie schüttelte den Kopf. Sie sagte: »Ich fürchte, diese ganzen Sachen werden Cora zu eng sein.«

Der Eindruck von Kälte verstärkte sich. Ich schaute mich um und winkte ein Taxi heran. Meine Stimme klang seltsam. »Das wird Cora bestimmt egal sein.«

Am späten Sonntagabend kam ich nach Summit zurück. Ich hoffte, ich könne leise ins Haus und auf mein Zimmer gelangen. Noch immer verfolgte mich Victoria Haines' erstickende Art der Zuwendung. Ich konnte mir nicht vorstellen, wie ich eine Unterredung mit Cora durchstehen sollte, ohne wenigstens ein paar Stunden Schlaf für mich allein gehabt zu haben.

Im Vorderzimmer brannte Licht. Ich fluchte, als ich eingetreten war. Cora lag auf der Couch und trank Gin aus der Flasche.

Sie glotzte zu mir herauf. »War's schön?«

»Was?«

»Du hast mich schon verstanden. Ich habe gefragt, ob's schön war?«

»Sollte es das?«

»Wie war sie?«

»Wer?«

»Hör auf, vor mir den Unschuldigen zu spielen.«

»Tu ich ja gar nicht. Ist viel zu spät, um irgendwas zu spielen.«

»Na klar. Zu spät. Und zu müde. Ich hasse es, wenn du versuchst, vor mir den Unschuldigen zu spielen …«

»Paß mal auf. Ich spiele nicht den Unschuldigen. Ich bin müde. Ich möchte ins Bett.«

»Dann geh doch ins Bett.«

»Gute Nacht, Cora.«

Sie setzte sich auf und warf die Flasche. Die schlug neben meinem Kopf an die Türe. Cora machte eine Bewegung, als spuckte sie nach mir. »Victoria Haines.«

»Wovon sprichst du?«

»Das weißt du ganz genau. Ich spreche von Victoria Haines in Atlantic City. Das leichte Mädchen in der Bar am Kamin des großen Hotels. Schau nicht so gequält. Ich weiß, daß Victoria Haines in Atlantic City war.«

»Na und?«

»Und ich glaube nicht, daß du nach New York gefahren bist. Du hast so die typische Sonnenbräune eines Hotelzimmers in Atlantic City im Gesicht – vor allem unter den Augen.«

»Na, du bist ja wirklich witzig.«

»Du wohl nicht?«

»Ich versuch's jedenfalls nicht.«

»Mit Victoria Haines in Atlantic City. Sag doch mal, wie ist sie denn so, wenn sie aus ihren Miedern herausplatzt?«

»Ich weiß nicht, wovon du sprichst.«

Sie schaute sich suchend um, nach etwas, was sie auch noch werfen konnte.

»Ich hab's satt, mich von dir anlügen zu lassen!«

»Dann frag mich doch nichts.«

»Ich frage nicht. Ich stelle fest. Oh, ich weiß Bescheid über dich und Atlantic City. Der große Mann auf der Strandpromenade.«

»Hör mal, Cora. Kein Mensch geht mehr nach Atlantic City. Die Stadt ist erwachsen und viel zu respektabel geworden.«

»Aber du nicht. Dir würde das nichts ausmachen. Du würdest dir so ein Flittchen sogar noch auf eine Versammlung der Sonntagsschule mitnehmen, wenn du dazu Lust hättest.«

»Na schön. Du weißt ja, wie ich bin.«

»Oh, ob ich wohl jemals wissen werde, wie du bist?«

»Warum läßt du dich nicht scheiden, Cora?«

Sie begann zu lachen. Bei diesem Lachen fröstelte mich. Sie lehnte sich zurück und schüttelte den Kopf. »Das war der Grund, warum ich so lange wach geblieben bin, um dich noch zu sehen, Charley. Ich wollte dir etwas sagen. Wenn du mich dazu zu zwingen versuchst, mich von dir scheiden zu lassen, wirst du Pech haben. Ich werde es nicht tun. Ich bin ganz bestimmt nicht eifersüchtig auf Victoria Haines. Und wenn's auch nur deiner eigenen kostbaren Karriere zuliebe ist, wirst du doch wohl so viel Verstand haben, diskret zu sein.«

## 7

»Aber nach Florida«, sagte Laura. »Warum muß ich ausgerechnet nach Florida fliegen?«

Wir waren im Büro. Sie saß auf der Couch.

»Das haben wir doch schon besprochen, Laura. Es ist ganz bestimmt besser. Wir können so nicht mehr weitermachen. Wir dürfen uns nirgends zusammen sehen lassen … ich werde noch wahnsinnig.«

»Du willst mich nur loswerden.«

»Ich will dich haben, aber ich hab' dir immer gesagt, daß es nicht so schnell gehen wird. Der nächste Schritt ist, für Cora eine Scheidung einzureichen, und zwar in Florida, weil es dort so viel leichter möglich ist. Und das ist jetzt deine Aufgabe.«

»Aber, Charley, wie wollen wir verhindern, daß man hier oben davon hört?«

»Warum vertraust du mir nicht?«

»Weil ich immer an Victoria Haines denken muß. Cora ist es ja vielleicht wirklich egal, wenn du vier Tage lang mit Victoria Haines in Atlantic City bist, aber mir hat es sehr viel ausgemacht ... Ich hab' gedacht, ich halte es nicht aus. Und jetzt willst du, daß ich gleich drei Monate lang verschwinde. Warum kann ich denn nicht nach Reno fahren – das würde doch so viel schneller gehen.«

»Sicher, aber es würde nicht dazu passen. Wäre viel zu riskant, und außerdem würde Cora niemals dahin fahren. Es muß so aussehen, als würde ihr das Herz brechen, wenn sie mich endlich verläßt.«

»Und ich soll tatsächlich drei Monate lang da unten bleiben?«

»Ganz bestimmt nicht. Du mietest dich in einem Hotel als Mrs. Charles Brower ein –«

»Dieser Teil der Sache gefällt mir.«

»Wenn du dich dann dort eingerichtet hast, nimmst du dir einen Anwalt. Ich würde dich ja zu einem schicken, aber es ist besser, wenn du dir selber einen suchst. Sprich in den Bars darüber, sprich mit anderen Frauen, bemüh' dich, den Namen von einem dieser ganz scharfen Scheidungsanwälte zu erfahren. Davon gibt es da unten jede Menge. Nimm dir einen, dem es um das Geld geht und der schon so lange im Beruf ist, daß er sich nicht so sehr dafür interessiert, wo du dich vom Beginn des Prozesses bis zum rechtskräftigen Urteil aufhältst. Laß den Rechtsanwalt den Fall formulieren. Es ist egal, welchen Scheidungsgrund ihr nehmt, nur bitte nichts Ausgefallenes. Seelische Grausamkeit geht sehr gut und deckt eigentlich alles ab. Vermeide, daß man über dich spricht oder sich an dich erinnert. Wenn alles so weit arrangiert ist und der Anwalt dir sagt, daß er dich bis zur gerichtlichen Vernehmung nicht mehr braucht, kommst du wieder hierher. Sag ihm, er solle dich brieflich im Hotel verständigen, wann du vor Gericht erscheinen mußt. Da wird er nichts dabei finden.«

»Ich glaube, ich hab' mal gelesen, daß man bei falschen Angaben zum Aufenthaltsort inzwischen ziemlich hart durchgreift?«

»Wenn jemand drauf käme, könnte es Ärger geben.«

»Und wenn nun jemand drauf kommt?«

»Na ja, dann würde die Scheidungsklage fallengelassen; es ist nämlich eigentlich ein Verfahrensfehler. Aber wer soll das denn herausfinden? Wer hätte Interesse daran, es herauszufinden? Manchmal kommt es auf, weil der Ehemann beziehungsweise die Ehefrau Alarm schlägt. Aber ansonsten macht das doch jeder so. Wenn du den Brief mit der Nachricht erhältst, auf wann deine Vernehmung angesetzt ist, kannst du wieder hinfliegen und trittst dann bei irgend so einem kleinen Richter auf. Höchstwahrscheinlich dringst du nicht einmal bis zu ihm selber vor, sondern erscheinst nur vor einem seiner Angestellten. So formlos geht das vor sich. Und dann ist auch schon alles vorbei.«

»Und falls es jemand hier oben herausfindet?«

»Tut doch keiner.«

»Vielleicht will aber der Anwalt dich über die Klageschrift in Kenntnis setzen?«

»Wird er sicher nicht. Das ist auch einer der Tricks bei einer Scheidung à la Florida. Wenn du diesen Anwalt das erste Mal aufsuchst, sagst du ihm einfach, daß meine Adresse zur Zeit unbekannt sei und daß du sie später nachreichst. Das wird ihm eine Menge sagen. Natürlich wird er die öffentliche Zustellung des Scheidungsantrags beachten, wie das Gesetz es verlangt, wird sie aber im obskursten Provinzblättchen erscheinen lassen, das er finden kann. So wird das nämlich immer gemacht. Die Scheidung dauert drei Monate – und ich schwöre dir, Laura, daß Cora zu dem Zeitpunkt, wo mir das Scheidungsverfahren bekannt gegeben wird, bereits aus dem Weg geräumt ist. Niemand wird irgend etwas anderes mitkriegen, als daß Cora und ich uns haben scheiden lassen.«

»Schwörst du das, Charley?« Sie zitterte in meinen Armen.

Ich hielt sie an mich gepreßt. »Dann wird alles vorbei sein, und wenn wir es gut hinkriegen, wird niemals ein Mensch Verdacht schöpfen.«

»Aber ich werde so lange weg sein.«

»Wenn es vorbei ist, Schätzchen, dann sind wir fein raus – wir beide zusammen.«

»Aber wenn ich so ganz allein dort unten bin – wann sehen wir uns denn dann?«

Ich lachte. »Das ist ganz einfach. Wir sehen uns, sobald Victoria Haines die Stadt verläßt.«

Aber schon eine Woche später war ich unten in Florida. Ich eilte auf dem Flughafen von Tampa aus dem Flugzeug und fragte nach einer Limousinenvermietung zum Strand von St. Petersburg. Als ich aber erfuhr, daß die für diese Strecke von 40 Kilometern manchmal mehr als zwei Stunden brauchte, nahm ich ein Taxi.

Wir rasten über die Brücke, aber es kam mir so vor, als würden wir kriechen. Ich konnte nicht mehr ohne Laura sein. Ihre Briefe waren kurz und unbefriedigend und hatten mich hungrig und verzweifelt zurückgelassen.

Mitten am Nachmittags nahm ich mir ein Hotelzimmer in Passagrille Beach. Ich trug mich ein als Richard Smith, Richmond, Virginia. Dieser Richard Smith kam ja ganz schön 'rum.

Ich war nur ein paar Straßen von Laura entfernt, aber jetzt nachmittags konnte ich nicht bei ihr hereinplatzen. Sie spielte die Ehefrau, die sich zu einer Scheidung getrieben fühlte. Diese Rolle spielte sie bestimmt getreulich, das wußte ich, und die wollte ich ihr auch nicht verderben, indem ich jetzt vor den Schaulustigen eine Wiederversöhnungsszene zum besten gab.

Ich ging ruhelos in meinem Zimmer auf und ab. Dieses war ein länglicher Verschlag mit Bad, eingebauter Kochnische mit kleinem Herd, Münzfernseher, einem Klubsessel und einem Tagesbett. Die Wände bedrängten mich. Obwohl Laura so nahe war, waren wir beide so allein.

Ich ging hinaus und betrat eine Telefonzelle. Durch die gläsernen Seitenwände sah ich Leute Karten und Bridge spielen oder schwimmen. Mädchen lagen auf hellen Badetüchern und glitzerten vor Sonnenöl. Die Palmen regten sich nicht an diesem bleiernen, dumpfen Nachmittag. Weit hinter dem weißen Strand sah ich den Golf spiegelglatt daliegen. An so einem heißen Nachmittag, bei dem Lachen, das an die Glaswände der Telefonzelle schlug, war es schwer, an Mord zu denken.

An Laura zu denken war dagegen einfach.

Endlich nahm sie den Hörer ab. Mein Herz hüpfte, als ich die Aufregung in ihrer Stimme vernahm. »Charley. Um Gotteswillen, Charley. Wo bist du denn?«

»Ungefähr einen Häuserblock von dir entfernt.«

»Charley! Du machst doch nur Spaß.«

»Nein, ich bin da. Ich habe es nicht mehr ausgehalten.«

»Aber was machst du denn einen ganzen Block weit weg von hier? Komm her, so schnell du kannst.«

»Nein. Ich muß vorsichtig sein, Laura. Genau so vorsichtig, wie du sein mußt. Ich will nicht, daß die Leute über dich reden.«

»Na wunderbar. Quäl' mich nur. Wann sehen wir uns dann?«

»Sobald es dunkel wird. Laß ein Lämpchen bei dir im Fenster brennen.«

Pause. »Charley ...«

»Was?«

»Hast du es schon getan?«

»Nein. Noch nicht. Es ist noch zu früh dafür.«

»Du – du tust es aber noch?«

»Vertraust du mir nicht?«

»Ich bin hier die ganze Zeit so einsam. Wahrscheinlich zu viel Zeit zum Nachdenken.«

»Willst du nicht mehr?«

»Charley, das solltest du eigentlich besser wissen.«

Ich ging die Straße zu ihr entlang und spürte, wie meine Erwartung immer mehr stieg. Ich hörte die Leute in den anderen Appartements sprechen, essen, fernsehen. Das Gebäude, das Laura sich ausgesucht hatte, war strahlend weiß und hatte zwei einander gegenüberliegende Seitenflügel mit einem grasbewachsenen Patio dazwischen. In der Dunkelheit jenseits des Haupteingangs hielt ich kurz inne und schaute an beiden Flügeln entlang. Ich wollte nicht, daß irgendwo jemand versteckt auf einem Sonnenstuhl saß und mich beobachtete, wie ich wie ein Dieb umherschlich und Lauras Zimmernummer suchte.

An keinem der beiden Flügel konnte ich einen Menschen entdecken. Ich atmete tief durch und trat aus der Dunkelheit heraus. Ihr Zimmer war Nummer 15, es mußte jenseits des Rasenpatios liegen.

Ich schaute nach beiden Seiten und ging dann in das beginnende Mondlicht hinein. Ich wollte mir keine Blöße geben und tat so, als würde mir das Hotel zumindest teilweise gehören. Ich hatte noch keine vier Schritte über den Patio getan, als hinter mir eine Türe aufging, Licht mich umfloß und ich unwillkürlich stehen blieb.

»He, Freund. Kleinen Moment, mein Freund.«

Ein Mann kam durch die Türe geschlendert, die er offen ließ. Er überquerte den zementierten Weg und trat ins Gras.

Ich versuchte mir zu sagen, daß die Panik, die ich spürte, in keinerlei Verhältnis zur Bedeutung dieser Sache stehe. Aber ich konnte mich trotzdem des Eindrucks nicht erwehren, daß irgend etwas schief gegangen sei und noch viel mehr schief gehen werde. Ich fragte mich so ruhig wie möglich, was das denn ausmachen könne, wenn dieser Mann mich ansah, mich eventuell sogar im Gedächtnis behielt, wo wir hier doch Tausende von Kilometern von Summit entfernt waren. Ich fand keine Antwort. Aber ich konnte auch das Aufsteigen der Panik nicht unterdrücken.

Er stand da und sah mich an.

Seine Haut zeigte so eine Art Höhensonnen-Bräune, und ich hatte den Eindruck, daß er sie sich in aller Eile verschafft hatte, daß er aber trotzdem große Sorgfalt auf diese Bräune verwendet hatte, weil sie genau richtig sein mußte, so wie auch seine schwarzen Haare korrekt gewellt waren und sein Schnurrbart genau die richtige Länge hatte.

Ich hielt mir vor Augen, daß es gegen sein gelecktes gutes Aussehen ja nichts einzuwenden gab, ebensowenig wie gegen die Tatsache, daß er es sich leisten konnte, sich den ganzen Tag in der Sonne zu wärmen. Was mir aber sehr mißfiel, waren der wissende Blick seiner dunklen Augen und die Art, wie er die Lippen kräuselte. Er schien mir damit zu sagen, er wisse, daß ich heimlich hier war und es verabscheuen würde, so erwischt und im Licht von seinem Eingang festgenagelt zu werden. Ich schüttelte diesen Gedanken ab. Das war wohl nur mein schlechtes Gewissen. Was sollte es ihn schon angehen, daß ich hier eine Frau auf der anderen Seite des Patios besuchte?

Und doch, falls irgend etwas anderes schief ging, dann konnte er bezeugen, daß ich hier unten in Florida gewesen sei, um Laura zu besuchen, die hier ja Mrs. Charles Brower hieß. Unter keinen Umständen wollte ich, daß jemand den Eindruck hatte, ich besuchte Cora hier unten, nachdem sie endlich aus Summit weggezogen war wegen der Scheidung, die Laura und ich unter ihrem Namen eingereicht hatten.

»Haben Sie Feuer?« sagte er.

Seine Stimme war leise und moduliert. Normalerweise hätte ich an so einen Menschen keinen zweiten Gedanken verschwendet. Aber ich wollte nicht, daß er in den nächsten Wochen über mich nachdachte.

»Nein«, sagte ich. »Tut mir leid. Äh, aber vielleicht können Sie mir helfen?«

»Klar. Suchen Sie jemanden?«

»Ja. Einen Mr. Smith. Mr. Richard Smith.«

Er zuckte die Schultern. »Vielleicht wohnt jemand mit diesem Namen im Hotel. Keine Ahnung.«

»Ach, ist das überhaupt das Hotel Marlin?«

»Nein, mein Freund. Da sind Sie falsch. Das liegt ungefähr eine Straße weiter nach Norden.«

»Daran liegt es also. Ich habe das falsche Hotel erwischt.«

»Allerdings. Haben Sie wirklich kein Feuer?«

Ich schüttelte noch einmal den Kopf, drehte mich um und ging wieder zu dem verdunkelten Eingang zurück, wo ich stehenblieb und ihn ansah.

Er blieb lange Zeit draußen auf dem Patio. Er schien etwas am Himmel zu beobachten, vielleicht den Mond. Endlich ging er wieder in sein Zimmer und schloß die Türe.

Schwitzend ging ich hinüber zu dem anderen Flügel und hastete ihn entlang, dicht an die Wand gedrückt. Ich fand Nummer 15. Es lag genau gegenüber dem Zimmer des Geschniegelten. Ich klopfte leise.

Einen Augenblick später öffnete Laura. Ich schob mich schnell an ihr vorbei und schloß die Türe hinter mir. Bevor ich auch nur ein Wort zu ihr sagte, durchquerte ich das Zimmer und zog die Jalousie so schnell zu, daß die Lamellen vibrierten.

Sie trug nichts als ein Negligé, das sie extra für mich gekauft hatte. Sie stand mitten im Raum und runzelte leicht die Stirn. Ich ging auf sie zu und zog sie an mich. Lange Zeit standen wir so da und hielten uns in den Armen. Sie flüsterte: »Du hast mir gefehlt, du hast mir gefehlt, du hast mir gefehlt.«

»Wer ist dieser Gigolo da auf der anderen Seite des Patio?« sagte ich.

Sie warf den Kopf zurück. »Was für ein altmodischer Ausdruck«, sagte sie nur.

»Er ist auch ein altmodischer Typ. Er hat mich sehr genau angeschaut.«

»Er hat doch keine Bedeutung, Liebling. Er ist niemand. Du bist ja ganz verspannt. Du scheinst dich nicht einmal zu freuen, mich zu sehen.«

Ich drückte sie so fest an mich, daß sie kaum atmen konnte. »Ich freue mich aber. Ich kann's nicht ändern, daß ich so verspannt bin. Es liegt eben an der Sache, in der ich stecke.«

»Armer Charley.«

»Sag das nicht. Du klingst schon wie Cora. Oder wie Victoria Haines.«

»Da sei Gott vor. Laß mich dich anschauen, Charley. Es ist schon so lange her.«

»Laß mich dich anschauen.«

Das tat sie auch. Wir vergaßen den Mann auf der anderen Seite des Patio, und Cora und Victoria Haines, und alles andere jenseits der verschlossenen Türe. Dafür hatte es sich gelohnt, nach Florida zu kommen. Dafür lohnte sich alles …

Ich verließ Laura um 2 Uhr früh. Kurz vor dem Hotel Marlin blieb ich im Schatten stehen. Am Randstein war ein grauer Plymouth mit einem Kennzeichen von Indiana geparkt. Ich holte den Schraubenzieher aus der Tasche, den ich gekauft hatte, trat hinter das Auto und kniete mich an die Stoßstange. Es dauerte keine zwei Minuten, und ich hatte das Nummernschild abgeschraubt und zusammen mit dem Schraubenzieher in meiner Jackentasche verschwinden lassen.

Dann stand ich auf und ging leise durch den Schatten. Das Marlin war völlig dunkel und still.

Auf dem Weg vom Flughafen nach Hause ging ich kurz in meinem Büro vorbei und legte das Nummernschild zu den anderen

Sachen, die sich in meinem Aktenschrank angesammelt hatten. Lange Zeit stand ich da und schaute mir an, was ich so zusammengetragen hatte: Kleid, Unterwäsche, Strümpfe, und jetzt das Nummernschild des Autos aus Indiana.

Cora kam in mein Schlafzimmer, während ich mich für die Nacht auszog.

»Was für eine freudige Überraschung«, sagte sie. »Zuerst dachte ich schon, es sei ein Einbrecher.«

»Pech gehabt.«

»Ja, ich habe überhaupt Pech, nicht wahr?«

»Du kannst dich immer noch scheiden lassen, Cora.«

»Hast du schon das Neueste gehört?«

»Was denn?«

»Das mit Gulick Williams?«

Gulick Williams war ein Freund von mir, der bei den letzten Wahlen Bezirksrichter geworden war. »Nein«, sagte ich. »Ich habe keine Zeitung gelesen.«

»Läßt dir Victoria nicht mal so viel Zeit, daß du Zeitung lesen kannst?«

»Was soll das mit Victoria jetzt wieder heißen?«

»Nichts. Nur daß sie diese Woche nicht in der Stadt war. Ist das nicht ein entzückender Zufall?«

»Ob entzückend oder nicht, es ist jedenfalls Zufall.« Ich zog meinen Schlafanzug an. »Was ist mit Gulick?«

»Er ist tot. Herzschlag.«

Ich ließ mich aufs Bett sinken. Gulick war ein Jahr jünger als ich; wenn einem die Freunde allmählich wegsterben, kriegt man es mit der Angst zu tun.

»Du solltest ein bißchen aufpassen, wie du mit Victoria Haines weitermachst. Du solltest mehr an deine Stellung denken. Die Leute reden schon.«

Ich sagte ihr nicht, das nichts mir erwünschter sein könnte als das.

## 8

Mike Welch grinste und stand hinter seinem Schreibtisch auf, als ich sein Büro auf dem Gebrauchtwagenmarkt betrat. Er kam mit ausgestreckter Hand um den Tisch herum. Wie immer trug er einen Filzhut und hatte eine Zigarre im Mund. Unter dem Hut war dichtes, vorzeitig ergrautes Haar zu sehen. Er war noch keine vierzig, hatte aber ein zerklüftetes, faltiges Gesicht, das viel älter aussah.

»Herr Anwalt! Lange her, daß wir. Los, ihr Faulpelze, steht auf und gebt dem Herrn Anwalt einen Stuhl.«

Im Büro waren drei oder vier Verkäufer. Beim Hereinkommen hatte ich draußen auf dem Hof noch ein paar andere gesehen. Mikes Gebrauchtwagenhandel war der größte in ganz Summit. Er war ein knallharter Händler und ein gefährlicher Geschäftsmann, wenn man sich nicht mit Automotoren und mit Wucher-Finanzierungen auskannte. Die wenigsten Leute kennen sich mit beidem zugleich aus. Jedenfalls machte er ein großartiges Geschäft.

Ich gab Mike die Hand und warf einen Blick auf die Verkäufer, die sich immer noch in dem verrauchten Büro herumtrieben.

»Also los, Jungs. Schaut, daß ihr ein bißchen Geld 'ranschafft. Wofür bezahle ich euch denn?«

Jedermann wußte, daß Mike Welch nie jemandem ein Gehalt zahlte, außer den Mädchen in seinem Finanzbüro und den Männern, die die Autos wuschen und das Gelände kehrten. Aber die

Verkäufer grinsten und gingen. Sie hatten es gut bei Mike Welch. Wer in Summit jemals ein gebrauchtes Auto zu kaufen beabsichtigte, dachte als erstes an den ›Verrückten Iren‹. So nämlich nannte er sich in seinen Anzeigen in allen Zeitungen und im Radio und Fernsehen. Wenn man seiner Werbung Glauben schenkte, hätte er seine Autos am liebsten verschenkt, nur erlaubte das die Handelskammer eben leider nicht. Trotzdem, sein Name blieb jedem im Gedächtnis haften. Hatte nicht auch ich als erstes an ihn gedacht, als ich fand, es sei an der Zeit, einen Gebrauchtwagen zu kaufen?

»Setzen Sie sich. Setzen Sie sich. Kann ich Ihnen etwas anbieten?« Mike hockte sich auf den Drehstuhl hinter seinem Schreibtisch und holte eine kleine Flasche aus der untersten Schublade. Ich schüttelte den Kopf. Er zuckte die Schultern und stellte die Flasche zurück. »Was brauchen Sie denn, Herr Anwalt? Egal was es ist, Sie sind jedenfalls bei mir an der richtigen Stelle.«

»Ich brauche eine kleine Auskunft, Mike.« Das stimmte gar nicht. In Wirklichkeit wollte ich einen Gebrauchtwagen. Aber den würde ich nicht bei Mike Welch kaufen. Der mußte von ganz woanders her kommen, nicht hier aus der Gegend, wo er normalerweise seine Autos her hatte.

»Was Sie auch brauchen, sagen Sie's mir«, sagte er. Er zündete sich die Zigarre an und beobachtete mich dabei. »Wie wär's mit einer kleinen Fête, Herr Verteidiger? Sie wissen ja, ich hatte Ihnen versprochen, Sie mit einem netten und freundlichen Ding zusammenzubringen. Schließlich haben Sie mir einen großen Dienst erwiesen. So etwas vergesse ich nicht. Was hätten Sie denn gerne? Eine Blonde? Eine Brünette? Alt? Jung? Früher oder später kommt nämlich jede einmal zu mir, um ein Auto zu kaufen, und bis jetzt habe ich noch keine gesehen, die nicht gerne auch ein paar Schweinereien ausprobiert hätte. Wenn sie erst mal hier draußen bei mir ist, möchte sie doch auch den Rücksitz testen. Und wenn sie erst mal den Rücksitz zusammen mit Mike Welch getestet hat, zappelt sie auch schon am Angelhaken. Ich sag' Ihnen, ich weiß nicht, was mit den jüngeren Männern los ist. Ich mach' mir wirklich Sorgen um die Zukunft in diesem unserem Lande hier. Die jungen Kerle sind nicht mehr wie Sie und ich. Ich sag' Ihnen, ich hab' da junge Verkäufer auf dem Gelände, gutaussehende Typen, kaum über zwanzig, müßten eigentlich wirklich voll im Saft stehen. Aber wenn die nur eine Frau am Tag haben, reicht' s ihnen schon völlig. Liegen danach ein paar Tage herum wie ein kranker Hund. Mensch, ich hätte mir nie so ein Geschäft aufbauen können, wenn ich nicht mehr zu bieten gehabt hätte. Neulich abends bin ich ganz schön in die Enge getrieben worden – außer mir war niemand mehr auf dem Gelände – mußte es zwischen sieben und zehn Uhr mit drei verschiedenen Damen aufnehmen. Können Sie sich das vorstellen, Herr Anwalt?«

»Warum nicht? Das wollen Sie doch auch, oder?«

Er lachte. »Herr Anwalt, ich stehe in Ihrer Schuld. Was kann ich für Sie tun?«

Mike war vor ungefähr einem Jahr ziemlich ernst in die Klemme geraten und hatte Blut geschwitzt, als er zu mir kam. Das war die einzige mir bekannte Gelegenheit gewesen, wo er vergessen hatte, über Frauen zu reden, und wie tüchtig er mit ihnen war. Er hatte nämlich ein paar gestohlene Autos gekauft, und das FBI hatte ihn erwischt. Ihm war klar, daß ihm jetzt eigentlich das Gefängnis blühte. Er hörte nicht auf, mit großem Stimmaufwand zu betonen, auch ein anständiger Händler könne nicht immer verhindern, mit 'reingezogen zu werden in dunkle Machenschaften.

Wir mußten vor Gericht, und zu Mikes einziger Rettung vermochte ich nachzuweisen, daß es sich bei einem der Zeugen der Anklage um einen so unappetitlichen Zeitgenossen handelte, daß seine Aussage keinen Pfifferling wert war. Aufgrund mangelnder Beweise war Mike freigesprochen worden.

»Mike«, sagte ich und sah ihn an, »ich brauche heute keine Blonde oder Rothaarige –«

»Das stimmt nicht, junger Mann. Jeder braucht eine Blonde oder Rothaarige. Jeden Tag. Wenn jeder Mann jeden Tag eine Blonde oder Rothaarige hätte, wissen Sie was? Dann gäbe es keinen Krieg, keinen Krebs und keinen Herzinfarkt. Der Ärger fängt erst an, wenn man vergißt, wozu einen der liebe Gott hier auf Erden bestimmt hat. Soll ich Ihnen nicht ein paar Telefonnummern geben, die so heiß sind, daß die Telefonkabel davon schmelzen, Herr Anwalt?«

»Ich möchte etwas noch Heißeres. Ich möchte den Namen von dem Typen, der die heißen Autos verschiebt, und mit dem Sie manchmal Geschäfte machen.«

Das hatte ich ihm jetzt knallhart ins Gesicht gesagt, und er lehnte sich mit einem Ausdruck zurück, als hätte ich ihn geschlagen.

Die Zigarre war ihm ausgegangen. Er nahm sie aus dem Mund, sah sie angewidert an und stieß sie sich wieder zwischen die Lippen.

»Herr Anwalt, ich weiß nicht, was ich sagen soll.«

»Wer es ist.«

»Also, passen Sie mal auf.«

»Nein, passen Sie mal auf. Es geht hier um uns beide, Mike. Um Sie und mich. Denken Sie etwa, ich hielt Sie für unschuldig, als ich Sie freigeboxt habe? Da kann ich ja nur lachen. Diese Jungs vom FBI hatten Sie doch voll am Wickel –«

»Und da würden sie mich auch gleich wieder haben, wenn ich mit so einem Ring von Autoschiebern zu tun hätte –«

»Hören Sie zu, Mike, ich hab's eilig. Jetzt rücken Sie damit 'raus, sonst können Sie sich das nächste Mal, wenn jemand Sie in die Pfanne hauen will, einen anderen Anwalt suchen.«

»Nein wirklich, Herr Anwalt –«

»So ist es aber. Sie reden andauernd davon, daß Sie mir was schuldig sind. Na sehen Sie, und jetzt brauche ich den Namen von dem Typen.«

»Großer Gott, Herr Anwalt. Wenn dem dann was passiert, und die finden raus, daß mir der Name über die Lippen gekommen ist – und wenn's auch nur im Schlaf wäre – dann ziehen die mir bei lebendigem Leibe die Haut ab.«

»Dem passiert aber nichts. Ich muß nur den obersten Mann von denen wissen, weil ich einen Fall habe, der ein paar Tricks braucht. Vielleicht trete ich ja nicht mal mit ihm in Verbindung. Aber ich will den Namen.«

Im Büro wählte ich sofort die Nummer, die Mike mir gegeben hatte. Es war nicht einfach, zu dem Jungen durchzudringen, obwohl ich seine Privatnummer hatte. Drei Mann wollten erst wissen, woher ich die Nummer hatte, bevor ich mit dem Obermacker reden konnte.

Wir kämpften eine Viertelstunde lang miteinander. Ich sagte zu ihm, ich wolle einen drei Jahre alten Gebrauchtwagen, grau oder schwarz und nicht frisch gespritzt.

Er sagte fünfmal zu mir, daß ich verrückt sei oder die falsche Nummer habe. Aber ich blieb geduldig und sprach von einem guten Preis.

»Wie sagten Sie, wie Sie heißen?«

»Richard Smith«, sagte ich zu ihm.

»Ja. Das ist ein guter amerikanischer Name. Wie soll ich wissen, daß es keine Falle ist?«

»Am Telefon? Sie brauchen doch nur zu bestreiten, daß Sie mit mir gesprochen haben. Wenn Sie so ein Auto, wie ich es brauche, nicht haben, vergessen Sie's. Aber wenn doch, lassen Sie es in die 24-Stunden-Garage hier in Summit fahren. Stellen Sie es dort für Richard Smith ein, und schicken Sie den Parkschein postlagernd an Richard Smith in Wyattstown.«

»Und wenn ich es mache? Wie komme ich dann an das Geld?«

»In bar. Auf dem sichersten Weg. Telegraphisch. Geben Sie mir irgendeine Adresse, und ich schicke es da hin.«

Darüber dachte er lange nach. Schließlich sagte er zu mir, ich solle das Geld an ein Western Union Büro in Richmond, Virginia, schicken, zu Händen Lois Osgood. Ich notierte es mir, und das war das letzte Mal, daß wir zusammen sprachen ...

Am Nachmittag des nächsten Tages ging ich mit Cora zum Begräbnis von Gulick Williams. Sämtliche Anwälte des ganzen Landes waren da. Der Gouverneur sprach ein paar Worte. Es herrschte ein bedrückender Blumenduft. Ich mußte an Victoria Haines denken, an ihre Art, sich aus ihrer Unterwäsche herauszuschälen, an ihre erstickende Süßlichkeit, an ihre Art, einen ununterbrochen zu belästigen, wenn man in ihrer Nähe war. Ich warf einen Seitenblick auf Cora und dachte, daß sie nicht das Schlimmste sei, was einem zustoßen konnte.

Mit Verwunderung entdeckte ich Victoria unter den Trauergästen. Mir war nie in den Sinn gekommen, daß sie mit Gulick Williams bekannt sei. Sie stand mit anderen Gästen beim Gouverneur, glatt und korrekt in Schwarz gekleidet.

Cora sah mich zu Victoria hinüber schauen, und ich hörte sie seufzen.

Während der langen Trauerzeremonie spürte ich Victoria öfter zu mir herüberschauen. Ich blickte nicht mehr zu ihr hin. Ich wußte, daß man schon wieder flüsterte. In den letzten Wochen hatte es immer mehr Klatsch gegeben. Cora tat allen leid. Im Innern lud ich jedermann ein, einmal eine Meile weit in meinen Mokassins zu gehen und mich dann wieder zu kritisieren. Wobei es ja lächerlich war, zu denken, daß ich jemals auch nur fünf Minuten in Victorias Gesellschaft verbringen würde, wenn ich nicht unbedingt mußte. Aber was die Klatschmäuler nicht wußten, brauchte mich nicht zu kümmern.

Gulicks plötzlicher Tod hatte mich sehr getroffen. Es klingt unsinnig, daß ich, der ich doch so bald meine eigene Frau ermorden würde, von einem natürlichen Tod so stark berührt sein sollte. Aber ich konnte es nicht ändern. Gulick war ein guter Mann gewesen und hatte eine brillante Karriere vor sich gehabt.

Wir fuhren schweigend heim.

»Victoria«, sagte Cora, »sah sehr gepflegt aus. Ich wußte gar nicht, daß sie mit dem Gouverneur befreundet ist.«

»Ich auch nicht.«

»Puh. Sie erzählt dir wohl nicht sehr viel von sich. Was ist denn los, sprecht ihr nicht oft zusammen?«

Ich bog in die Einfahrt ein und hörte die Reifen auf dem Kies knirschen. Ich hielt das Auto an. Cora machte Miene, auszusteigen. Ich legte ihr die Hand auf den Arm.

»Cora, ich möchte dir etwas sagen.«

»Du brauchst mir nichts zu sagen. Ich weiß alles, was es zu wissen gibt. Viel mehr, als ich wissen möchte.«

»Nein, es ist etwas anderes. Etwas ganz anderes. Diese ganze Sache mit Victoria. Ich gebe zu, daß ich da in etwas mit ihr 'reingeschlittert bin. Besser gesagt, sie hat mich da 'reingezogen – es war ein Fehler. Sie spricht zu viel. Sie ist schrecklich anstrengend. Das Ganze war völlig falsch.«

»Das hätte ich dir gleich sagen können.«

»Ich mußte es offenbar selber herausfinden.«

»Was ich wissen möchte, ist, wie lang das noch so gehen soll, Charley? Vor wie vielen solchen Frauen wirst du dich noch zum Narren machen müssen, bevor du erwachsen wirst?«

Ich starrte zum Fenster hinaus. »Ich weiß es nicht, Cora. Es liegt an dir.«

»An mir? Was sagst du da?«

»Ich weiß nicht, Cora. Ich habe es so satt. Ich würde gerne fortgehen. Gulicks plötzlicher Tod hat mich sehr mitgenommen –«

»Wirst wohl alt, Papa?«

»Irgend so was. Egal, wenn du mit mir zusammen wegfahren würdest, könnten wir – eine zweite Hochzeitsreise machen.«

Sie lächelte bitter. »Ich glaube, für Hochzeitsreisen bist du zu abgetakelt.«

Ich zuckte die Schultern. »Wir waren einmal glücklich, Cora.«

»Ja. Aber so weit zurück reicht meine Erinnerung fast nicht mehr.«

»Willst du es nicht versuchen?«

»Ich versuche es doch die ganze Zeit. Ich bin sogar die einzige, die es überhaupt versucht.« Sie wischte sich die Tränen aus den Augen. »Und dann, wenn du merkst, daß so ein Flittchen eben nichts weiter als ein Flittchen ist, und abhauen willst – dann soll ich sofort ganz eifrig darauf anspringen.«

»Schon gut«, sagte ich. »Vergiß es.«

Sie blieb einen Augenblick sitzen. Schließlich seufzte sie: »Wo würdest du denn hinfahren wollen, Charley?«

»Würdest du vielleicht gerne nach Nassau fliegen?«

»Du weißt doch, daß ich nicht gerne fliege.«

»Dann vielleicht mit dem Schiff.«

»Du weißt doch, daß ich auf einem Schiff seekrank werde. Tut mir leid, Charley. Ich glaube, ich bin ein richtiger Stubenhocker.«

»Dazu hättest du sicher auch keine Lust«, sagte ich, als wäre mir der Gedanke eben erst gekommen, »aber kannst du dich an unsere Hochzeitsreise erinnern?«

Sie lachte. »In diesem alten Auto von dir. Wir machten eine Rundreise. Haben wir nicht sogar drei Staaten geschafft, bevor es seinen Geist aufgab?«

»Ich konnte nichts dran ändern. Ich war völlig pleite.« Ich berührte sie am Arm. »So etwas könnten wir doch wieder machen, Cora. Nur du und ich. Einfach herumfahren. Das könnte uns retten.«

»Oh, Charley.« Sie begann heftig zu weinen. »Würdest du das machen, Charley? Nur du und ich? Oh, das wäre wunderbar.«

Ich blickte auf ihren Kopf. Ich hatte ja gewußt, daß sie mitmachen würde, aber daß ihr so brennend daran gelegen wäre, das hätte ich doch nicht gedacht. Es war offenbar genau das, was sie wollte, und sie konnte es kaum erwarten loszukommen.

## 9

Cora verbrachte den restlichen Nachmittag und den größten Teil des Abends damit, Telefongespräche zu führen. Es hatten zu viele Leute – natürlich in aller Freundschaft – versucht, ihr eins auszuwischen mit Geschichten über Victoria Haines und mich. Bei ihren Anrufen erwähnte sie Victoria nie, ebensowenig nahm sie Bezug auf das, was der jeweilige Gesprächspartner zu ihr gesagt haben mochte. Meist sagte sie, sie rufe nur an, um eine Verabredung in nächster Zukunft abzusagen, da sie nicht in der Stadt sein werde. »Charley und ich machen eine längere Reise zusammen. Er besteht darauf, daß ich ihn begleite. Hat einfach kein Nein als Antwort gelten lassen.«

Ich saß bei ihr, ließ sie mir die Schultern streicheln und das Haar streicheln, wenn sie summend an mir vorbeiging. Noch nie im Leben hatte ich mich so sehr nach einem Drink gesehnt. Aber das wagte ich nicht; was mir bevorstand, war zu heikel.

Gegen halb neun kam Coras beste Freundin aus dem Nebenhaus herüber. Edie Myers war ungefähr drei Jahre älter als Cora.

Sie und Cora gingen durch's ganze Haus, während sie die Reise planten, die Cora und ich machen würden. Sie suchten in Schränken, wühlten in Zedernkommoden, tranken in der Küche Kaffee, machten Listen von allem, was Cora nicht vergessen sollte mitzunehmen.

Gegen zehn kam ich zu dem Schluß, daß Cora und ihre Gefährtin die ganze Nacht aufbleiben würden. Ich war so unglaublich angespannt, daß ihre Stimmen an meinen Nerven rissen wie an Gitarrensaiten. Ich verließ die Küche.

Edie blickte zu mir auf, mit so einem Gott-segne-dich-Lächeln, das sich über ihr ganzes Gesicht ausbreitete. »Ich freue mich so für dich, Charles. Für dich und Cora.«

»Natürlich«, sagte ich. »Cora und ich sind ja vielleicht in letzter Zeit hier nicht allzu gut miteinander zurechtgekommen, aber mit etwas Glück – kann alles wieder ganz anders werden.«

Cora warf den Kopf hoch. Ich sah ihren Augen an, wie sehr sie verletzt war, und daß sie gewünscht hätte, ich hätte das nicht gesagt.

Aber ich hatte es sagen müssen.

Gegen ein Uhr nachts schlief Cora endlich in ihrem Zimmer ein. Ich horchte an ihrer Türe. Sie atmete tief, als schliefe sie zum ersten Mal seit Wochen wirklich gut.

In mir nagte etwas. Mir ging der Gedanke durch den Kopf, daß es immer noch nicht zu spät war, alles aufzuhalten.

Ich mußte mich gewaltsam daran erinnern, daß Laura da unten in diesem Hotel in Florida saß und daß ich endlich für sie frei sein würde.

Ich sah mich im Haus um; von all den Dingen hier würde ich nichts verlieren. Es würde alles weiterhin mir gehören. Mit dem einzigen Unterschied, daß Cora nicht mehr mit drin wäre – die größte Verbesserung seit dem Verlegen des massiven Eichenparketts.

Ich ging durch die Diele, rief ein Taxiunternehmen an und sprach so leise wie möglich, um mir ein Taxi zu bestellen, das mich Ecke Forest Drive und 65ste Straße abholen sollte.

Ich schaltete alle Lichter aus und schloß sachte die Vordertüre hinter mir.

Eine Brise war aufgekommen, die in den Ulmen rauschte und die Blätter durch den Rinnstein wirbelte. Die ganze Straße lag im Dunkeln. Ich blieb auf dem Gehsteig und ging rasch bis zur Straßenecke vor. Irgendwo in der Finsternis bellte ein Hund.

Ich wartete ungefähr fünf Minuten lang, dann bog das Taxi aus der 65sten Straße ein und blieb vor mir stehen. Ich gab die Adresse meines Büros in der Innenstadt an und lehnte mich zurück, trotz der Wärme in dem Taxi plötzlich fröstelnd.

Ich fuhr mit dem Aufzug in dem stillen Gebäude nach oben.

Das Quietschen der Kabel und das Rasseln der Ketten klang laut durch den Aufzugschacht.

Ich sperrte mein Büro auf und knipste die Schreibtischlampe an. Einen Augenblick hielt ich inne, schaute mir alles an und dachte daran, wie viel es Cora gekostet hatte, wie viel ich sie gekostet hatte. Und an dieser Stelle, zu diesem Augenblick wurde mir eines klar: es ist eine Sache, zu denken, daß man jemanden umbringen will, daß man jemandem den Tod wünscht, und eine ganz andere, zu wissen, daß jetzt der Augenblick da ist, ihn zu töten. Man kann nicht mehr zurück, jedenfalls nicht, wenn man das haben will, wovon man sich eingeredet hat, daß man es wirklich will. Aber von dem Moment an weiß man, man ist nicht mehr Charles Brower, der Rechtsanwalt. Man ist ein Mörder. Ein Killer. Egal, ob man damit durchkommt oder nicht. Egal, was sonst jemand auf der Welt von einem denkt. Man selber weiß es.

Ärgerlich öffnete ich den Aktenschrank und nahm die Sachen heraus, die ich darin gesammelt hatte, das Kleid, die Unterwäsche, das Nummernschild, die Strümpfe, den Schraubenzieher. Ich legte alles in einen großen flachen Umschlag und ging …

In der 24-Stunden-Garage war als einziger Angestellter ein neunzehnjähriger Junge im Dienst. Er schaute ganz verschlafen und achtete gar nicht auf meine dürftige Verkleidung, die ich extra ihm zu Ehren angelegt hatte: die Lesebrille auf der Nase, den Hut so tief herein gezogen, daß mein Gesicht beschattet war.

Ich reichte ihm den Parkschein, den ich postlagernd in Wyattstown abgeholt hatte. Er blickte eine Weile darauf, und ich spürte mein Herz schneller klopfen.

Dann nickte er. »Ach ja, Mr. Smith. Das ist doch der Studebaker Champion von 1950. Stimmt's?«

»Stimmt.«

Er schaute auf einer Tabelle nach. »Wir haben den Wagen aufgetankt, Sir, und Öl und Wasser nachgefüllt. Haben eine Notiz an die Wagentür geklebt.«

»Oh. Danke.«

Er brachte das Auto, und es war genau, was ich mir vorgestellt hatte. Es war metallgrau und offenbar in gutem Zustand, aber ein Auto, an das man sich nach zwei Minuten nicht mehr erinnern würde.

Ich gab ihm ein Trinkgeld, zahlte Benzin, Öl und Parkgebühren und fuhr davon. Das Auto ließ sich gut fahren. Ich fuhr langsam, bis ich am Stadtrand eine dunkle, unbewohnte Straße fand.

Ich blieb stehen und schraubte das Nummernschild ab. Ich warf es so weit wie möglich auf einen leeren Parkplatz hinaus, dann ersetzte ich es durch das Kennzeichen aus Indiana, das ich in Florida gestohlen hatte. Wenn jemand das alles jemals zurückverfolgen wollte – Auto, Nummernschild und Zulassung – würde er einen Anfall bekommen.

Ich fuhr nach Hause und schaltete die Scheinwerfer aus, bevor ich in die Auffahrt kam. Ich fuhr so leise wie möglich neben dem Carport ins Dunkle.

Bevor ich ins Haus ging, holte ich etwas Wasser aus dem Gartenanschluß und wusch den Aufkleber der Garage von der Wagentür. Das war eine von den Kleinigkeiten, die man nicht vergessen durfte.

Ich ging mit den Kleidungsstücken über dem Arm ins Haus. Meine Arme fühlten sich wie Blei an und meine Beine wie Wasser. Ich befürchtete schon, daß sie mich nicht tragen würden. Ich legte die Kleidung vor Coras Zimmer auf den Boden und machte vorsichtig die Türe auf, dann ging ich auf die Seite und stand einen Augenblick im Dunkeln. In dem tiefen Schweigen hörte ich wieder den Hund bellen.

»Cora«, sagte ich mit ganz leiser Stimme.

Jetzt konnte ich sie sehen, ein Klumpen unter der Bettdecke. Sie bewegte sich unruhig, und ich hielt den Atem an und wartete.

»Cora, bist du wach?«

Sie rollte den Kopf wieder auf die Seite, und ich trat steif vor. Meine Hände bebten.

Ich stellte mich neben das Bett und hob leise die Decke an, um sie ihr eng um die Schultern zu ziehen und dicht um den Körper festzustecken. Wenn sie dann anfinge, sich herumzuwälzen, würde die Decke ihr die Arme an den Körper fesseln, und sie würde sich darin verheddern.

Ich trat hinter ihren Kopf und stand einen Augenblick da und schaute auf sie hinunter. Adieu, Cora. Ich hatte sie jahrelang verabscheut, aber jetzt tat sie mir leid, denn im nächsten Moment würde es mit ihr zu Ende sein.

Ich hob eins ihrer Kissen auf und legte es ihr übers Gesicht. Jetzt handelte ich schnell und brutal. Ich drückte es ihr so fest aufs Gesicht, wie ich nur konnte, und preßte es mit meinem ganzen Körpergewicht nieder.

Sie stieß sich hoch, und ich ließ sie eine kleine Wendung nach rechts machen, wobei sie kämpfte wie ein Hai am Angelhaken; dann drehte ich sie wieder in die andere Richtung, und ihr Körper verfing sich immer mehr in dem Bettzeug.

Sie krümmte und wand sich lange Zeit. Meine bleischweren Arme wurden schwach, und ich fürchtete schon, sie werde sich freikämpfen. Ich hatte nicht gewußt, daß es so lange dauern würde, bis sie erstickte. Es war, als stünde die Zeit still, und sie kämpfte ums Leben. Ihr Körper rollte hin und her. Sie versuchte, die Arme frei zu bekommen. Ich hörte ihr lautes, schluchzendes Keuchen, als sie versuchte, durch das Kissen zu atmen.

Schließlich ging es zu Ende. Ihre Bewegungen wurden schwächer, ihre Hände zuckten, und dann gab es überhaupt keine Bewegung mehr.

Ich warf mich mit dem ganzen Körper über sie. Ich weiß nicht, wie lange ich so liegen blieb. Sie war vollkommen still, eine leblose Masse in dem Bett.

Plötzlich erschütterten mich Schluchzer. Ich schluchzte vor mich hin, ohne zu wissen, worüber ich weinte. Vielleicht über Cora, vielleicht über alle elenden unglücklichen Menschen auf Erden, aber hauptsächlich über mich.

Über Charles Brower, den Mörder.

Schließlich stand ich auf und stelzte in ihr Bad. Ich mußte mich übergeben.

Als ich wieder heraus kam, war ich sehr schwach und zitterte am ganzen Körper, und allein schon der Gedanke, daß ich Coras Leiche gleich wieder berühren würde müssen, daß ich sie in die billigen Kleidungsstücke ohne Markenzeichen würde kleiden müssen, die ich für sie gekauft hatte, krampfte mir den Magen sofort wieder zusammen.

Aber irgendwie schaffte ich es doch. Der Schweiß tropfte mir von der Stirn, und meine Finger zitterten und reagierten ungeschickt. Aber irgendwie steckte ich sie doch in die häßlichen Sachen, Unterwäsche, Strümpfe und Kleid. Wie Cora es hassen würde, darin tot aufgefunden zu werden.

Ich packte ihr einen Koffer, brachte ihn nach unten und stellte ihn in ihren Buick. Dann kam ich zurück und schleppte sie hinunter. Sie hing schlaff herunter, ihre Arme schleiften über den Boden. Zweimal hätte ich sie fast fallen lassen.

Ich legte sie in dem Studebaker auf den Rücksitz. Es sah aus, als würde sie schlafen, nur daß es da keinen Puls, keinen Herzschlag, kein Leben mehr gab. Ich sagte mir immer wieder, daß ich jetzt frei von Cora sei.

Ich schaute auf die Uhr. Es war fast drei Uhr morgens. Zwei Stunden vorher war Cora endlich eingeschlafen. Das kam mir so lang vor wie ein halbes Leben. Mir blieben jetzt nicht ganz zwei Stunden, um Coras Auto in eine Garage zu fahren und vor Tagesanbruch aus der Gegend zu verschwinden.

Ich spürte wieder dieselbe alte Panik aufkommen. Zeit war etwas, was man nicht im Voraus planen konnte, jedenfalls nicht in so einer Sache. Ich rannte noch einmal ins Haus zurück und sah mich um, um mich zu vergewissern, daß ich nichts vergessen hatte. Dann sperrte ich die Hintertüre zu, um sicherzugehen, daß nicht etwa Edie Myers vorbeikam, bevor ich zurück war.

Ich war schon fast an der Vordertür, als die Glocke zu schrillen begann. Mir war, als hätte mir jemand mit der Handkante ins Genick geschlagen. Der Ton dröhnte mir durch's Hirn. Ich starrte auf die Vordertür.

Ich brauchte fast eine Minute, ehe ich begriff, daß es das Telefon war.

## 10

Ich versuchte mich zu entscheiden, ob ich abheben sollte oder nicht.

Wer konnte mich um drei Uhr morgens anrufen? Hatte Edie Myers mich herumlaufen hören und daraus geschlossen, daß wir Einbrecher im Haus hatten? Es war besser, gar nicht erst abzuheben. Doch da fiel mir Laura ein. Vielleicht war etwas passiert. Ich mußte doch abheben.

Ich stürzte auf das Telefon zu, jetzt in Angst, es würde zu läuten aufhören, bevor ich den Hörer in die Hand bekam.

»Hallo.« Meine Stimme war so zittrig und atemlos, daß ich sie kaum erkannte.

»Charley. Liebling. Hab' ich dich geweckt?«

»Wer ist dran?«

»Also wirklich! Victoria, Schätzchen.«

Mich durchströmte Ungeduld. Dieser sirupsüße Ton in ihrer Stimme ließ mir den Schweiß ausbrechen. Ich packte den Hörer fester, um ihn auf die Gabel zurückzuschmeißen. »Großer Gott, Vic, es ist drei Uhr früh.«

»Ja. Ich weiß. Ich bin gerade erst heimgekommen. Ich denke, du wirst froh sein, daß ich anrufe.«

»Bin ich auch. Gute Nacht, Vic.«

Ihr Lachen hielt mich zurück. »Du solltest mich lieber zu Ende anhören.«

»Gut. Worum geht's?«

»Wir müssen uns sofort sehen.«

»Völlig unmöglich, Victoria. Ich verlasse die Stadt. Ich bin eigentlich schon weg.«

»Ohne mich. Aber mein Engel, das kannst du doch nicht.«

»Mein Engel, das kann ich.«

»Du solltest es lieber vergessen und hier herkommen.«

»Ich kann jetzt nicht weiterreden.«

»Auch nicht über Gulick Williams' Job?«

Mir war, als hätte sie mir einen Schlag in die Nieren versetzt. Ich taumelte gegen die Wand, es hatte mir die Sprache verschlagen. Hoffentlich mußte ich mich nicht noch einmal übergeben.

»Ich bin gerade erst vom Gouverneur weggefahren. Wir hatten ein großartiges Gespräch alle zusammen. Und du wurdest auch erwähnt.«

Ich konnte immer noch nicht sprechen. In meinem Mund war ein bitterer, übler Geschmack.

»Hast du gehört, Charley? Es wurde gesagt, daß du vielleicht den Posten des Bezirksrichters im fünften Regierungsbezirk bekommen könntest – für die zwei Jahre, die Gulick ihn jetzt nicht mehr wahrnehmen kann.«

Ich quetschte einen Ton heraus. Ich weiß nicht, was Victoria mich sagen zu hören glaubte. Sie lachte. Ich hörte sie fast nicht. Ich stand da im Dunkeln und sah vor mir, wie Cora auf diesem Bett herumwühlte und kämpfte, um ihr Leben kämpfte, und plötzlich war es, als würde sie nicht gegen mich, sondern für mich kämpfen. Sie hatte gekämpft, um am Leben zu bleiben, damit ich dieses Richteramt bekommen konnte – das ich mir mit allen Fasern meines Herzens wünschte.

»Du bist nicht der einzige, der erwähnt wurde, ganz so ist es nicht, Liebling. Ich möchte nicht, daß du glaubst, es war derart einfach. Aber ich kenne eben die richtigen Leute, Charley – die richtigen Leute, und das Richtige, das gesagt werden muß. Denk daran! Hast du je geglaubt, ich würde so etwas für dich tun können?«

»Nein.«

»Natürlich nicht. Du hast gedacht, daß ich nur gut für's Bett bin. Das hast du doch gedacht, nicht wahr, Charley, du schmutziger, kleiner Junge?«

»Ja.«

Sie lachte. »Dafür bin ich auch gut.«

Ich dachte ununterbrochen an diese Möglichkeit, für die verbleibenden zwei Jahre Gulicks Richterstuhl zu übernehmen – etwas völlig Verrücktes und Unmögliches, wie es aber manchmal doch einfach vorkommen konnte. Die richtige Strategie, nämlich zur rechten Zeit am rechten Ort zu sein.

Oh, ich war am rechten Ort, ganz bestimmt.

»Glaubst du nicht, daß du lieber herkommen solltest, Charley? Wir haben so viel zu besprechen.«

»Ich kann nicht.«

»Charley. Ich glaube, du solltest ein bißchen nett zu mir sein – jedenfalls netter als bisher. So eine Chance kommt nicht ein zweites Mal.«

»Nein.«

»Du kannst diesen Job kriegen, Charley. Das rechte Wort von mir, und er gehört dir. Aber einen solchen Leckerbissen bekommst du von mir natürlich nicht einfach so, Charley.«

»Nein.«

»Nein. Wie recht du doch hast. Also komm her.«

»Und was ist mit – Cora?«

Sie lachte. »Was mit Cora ist? Ich denke, du wirst dich von Cora scheiden lassen, Charley. Das denke ich mir schon lange. Du warst mir vom ersten Tag an verdächtig, als du anfingst, mir öffentlich so übertrieben viel Aufmerksamkeit zu schenken. Du hast mich benutzt. Du hast mich benutzt, um Cora das Gesicht verlieren zu lassen, um sie zu zwingen, sich von dir scheiden zu lassen. Oh, ich wußte sofort Bescheid, Charley. Ich bin ja nicht von gestern. Ich bin nicht blöd. Mir ist klar, daß du mich benutzt hast, aber das macht mir nichts aus, solange ich – sagen wir, solange ich wenigstens teilweise bekomme, was ich von dir will. Und solange es eine Chance gibt, daß du, sobald du frei bist – na, darüber reden wir noch, Charley.«

Langsam begann mir das Blut wieder durch die Adern zu strömen, und mein Puls beschleunigte sich ein wenig. Vielleicht gab es doch noch einen Ausweg.

Wenn ich Victoria in dem Glauben wiegen konnte, daß ich mich von Cora scheiden lassen würde, wenn ich sie lange genug hinhalten konnte, um meinen Plan auszuführen und nach Summit zurückzukehren, konnte ich vielleicht immer noch alles gewinnen.

»Cora und ich – wir lassen uns scheiden, Victoria. Aber das darfst einstweilen nur du wissen. Wenn du es weitererzählst –«

»Liebling! Warum sollte ich? Noch dazu gerade jetzt, wo es nicht den leisesten Skandal geben darf, wenn du diese Stelle bekommen willst. Ich bin die Diskretion selbst. Deswegen möchte ich dich auch jetzt bei Nacht im Dunkeln sehen, damit niemand Verdacht schöpft. Ich kann dir helfen, diese Stelle zu bekommen – aber wir müssen viel vorsichtiger sein als bisher, bis der Gouverneur die Ernennung bekanntgibt.«

»Du mußt mir verzeihen, Victoria. Wegen heute nacht. Cora und ich – also, wir machen eine Reise. Ich versprech' dir, es wird nicht mehr lange dauern. Aber ich kann mich nicht mit dir treffen, bis wir zurück sind.«

»Charley, ich weiß nicht, ob mir das so gut gefällt.«

»Vic, du mußt mir vertrauen.« Der Telefonhörer war inzwischen schweißnaß.

Ihre Stimme wurde kehlig. »Ich trau' dir kein bißchen. Hab' ich nie. Deshalb finde ich dich auch so erregend. Ich glaube, ich werde dir auch nie trauen.« Ihre Stimme floß wie heiße Schokolade. »Aber wenn ich dich erst habe – dann lasse ich dich nie mehr aus den Augen.«

Ich legte auf, stand da und zitterte.

Ich schaute auf die Uhr. Ich wischte mir den Schweiß von der Stirn. Ich konnte nicht mehr vor Tagesanbruch in die Stadt fahren, den Buick dort lassen und wieder hier heraus kommen. Das war unmöglich.

Ich schaute mich in dem dunklen Haus um und kam mir vor wie in der Falle. Dann fiel mir ein, wie ich an den Studebaker gekommen war.

Ich schaltete eine kleine Tischlampe an und suchte Mike Welchs Nummer heraus. Ich wählte und hörte das Telefon klingeln. Für mich stand wirklich alles vor dem Zusammenbruch. Aber jetzt, wo mich das Glück so völlig verlassen hatte, dachte ich wieder klar. Ich würde es schon schaffen.

Richter Charles Brower.

»Hallo, hier Mike Welch. Falls eine Frau dran ist: bitte auflegen, falsch verbunden.«

»Mike. Hier spricht Charles Brower.«

Seine Stimme wurde kälter. »Oh, hallo, Herr Anwalt.«

»Mike. Wegen diesem Namen, nach dem ich Sie gefragt hatte.«

»Mein Gott, Herr Anwalt. Als ob ich nicht schon genug Sorgen hätte wegen der Telefonnummer, die ich Ihnen gegeben habe, jetzt müssen Sie mich auch noch mitten in der Nacht anrufen, um mich daran zu erinnern?«

»Schon gut. Sie können gleich wieder schlafen. Ich sag Ihnen jetzt, was ich von ihm wollte. Ich habe hier einen Buick. Gehört meiner Frau. Jahreswagen. Ein totaler Mist, aber versichert bis über beide Stoßstangen. Ich möchte, daß Sie auf der Stelle jemanden hier heraus schicken, der ihn abholt. Ich möchte, daß er auf Ihr Gelände kommt – und von dort zu unserem Freund.«

»Sie wollen die Versicherung kassieren?«

»Was denn sonst?«

»Ich sag' Ihnen lieber gleich, Herr Anwalt -«

»Sie brauchen mir gar nichts zu sagen. Sie haben doch ein paar Knaben dort draußen auf Ihrem Gelände, oder? Schicken Sie sofort einen her. Ich warte draußen.«

»Herr Anwalt -«

»Tun Sie das noch als Letztes für mich, Mike, dann sind wir quitt.«

Er schwieg lange. Endlich sagte er kalt: »Wie Sie meinen, Herr Anwalt. Wenn das heißt, daß ich Ihnen dann wirklich nichts mehr schuldig bin. Ich schicke Ihnen binnen zwanzig Minuten jemanden 'raus.«

Während ich darauf wartete, daß Mikes Junge auftauchte, nahm ich Coras Koffer aus ihrem Buick und stellte ihn neben sie auf den Rücksitz des Studebakers. Ich konnte es nicht riskieren, sie in den Kofferraum zu stecken. Wenn mein Plan gelingen sollte, durfte ihre Leiche nicht die geringsten Schrammen oder blauen Flecken aufweisen, die Verdacht erwecken könnten. In gewissem Sinne war ich auch froh, daß ich ihr diese letzte Entwürdigung ersparen konnte.

Ich kehrte zu dem Buick zurück und hatte noch genug damit zu tun, aus ihrem Auto alle Spuren, die ich von ihr finden konnte, zu beseitigen.

Vor dem Haus hielt ein Taxi, und ein junger Mann im Overall kam die Einfahrt entlang.

Er sah mich im Dunkeln stehen. Daran schien er nichts ungewöhnlich zu finden. »Ist das der Wagen, den ich wegfahren soll?«

Ich bestätigte es. Ich blieb stehen, sah ihn rückwärts aus der Einfahrt hinausfahren und auf dem Forest Drive verschwinden. Dann stieg ich in den Studebaker.

Auf meinem Weg nach Westen überquerte ich unmittelbar vor Tagesanbruch die Staatsgrenze.

## 11

Man ist nie einsamer, wie wenn man mit einer Leiche auf dem Rücksitz auf der Straße unterwegs ist. Ich fuhr gleichmäßig, achtete auf jedes Verkehrszeichen und befolgte sie alle. Wenn die Höchstgeschwindigkeit 70 war, fuhr ich unveränderlich 60, um keinerlei Risiko mit einem übereifrigen Streifenpolizisten einzugehen, dessen Tacho nicht ganz richtig ging.

Ich schaute immer wieder in den Rückspiegel. Alles hing jetzt davon ab, daß ich in den nächsten 48 Stunden möglichst wenig Aufmerksamkeit erregte – nicht nur, damit ich mit diesem Teil meines Vorhabens durchkam, sondern auch in Hinblick auf alles, was sich später ereignen würde.

Meine Hände krampften sich um das Lenkrad. Nun stand am meisten auf dem Spiel, und doch machte mir der jetzige Zeitpunkt längst nicht so viel Kopfzerbrechen wie die Tage, die folgen mußten, wenn ich mit dem hier davon kam. *Wenn* ich davon kam.

Für den Augenblick konnte ich mich eigentlich entspannen. Entweder ich hatte Erfolg, oder der ganze Plan ging schief und ich fuhr direkt auf den elektrischen Stuhl zu ...

Der helle Glanz der Morgensonne tat meinen Augen weh, die vor Schlafmangel brannten. Ich wischte mir immer wieder mit dem Handrücken darüber.

Ein Streifenpolizist kam auf seinem Weg nach Osten an mir vorüber, die Augen unverwandt geradeaus gerichtet. Da wird so ein armer Teufel bald in Schwierigkeiten sein, dachte ich.

Ich hatte keine Zeit, mir um jemand anderen Sorgen zu machen. Ich konnte an nichts anderes denken als an Victorias Anruf. Ein Ding der Unmöglichkeit, und doch war mir klar, daß ich dieses Richteramt hätte haben können. Im Rückspiegel warf ich einen kurzen Blick auf Coras friedliches Gesicht. Ich sah sie an, bis mir die Augen feucht wurden.

Ich riß den Blick zurück auf die Straße. Sie war jetzt schon viel belebter. Autos rasten an mir vorbei, mit plötzlichem Dröhnen, und dann folgte wieder Stille, während sie am Horizont verschwanden. Ich war vollkommen allein, vollkommen abgeschnitten von jeder Kommunikation mit all diesen Menschen. Ich war allein auf der Welt. Allein mit meinen Gedanken und mit Cora.

Seit meinem ersten Jahr auf der High School, wo ich mich dazu entschlossen hatte, Jura zu studieren, war nie ein Moment vergangen, ohne daß ich mich vor meinem geistigen Auge auf dem Richterstuhl sah, wie ich diesem Amt neue Weisheit und Gerechtigkeit verschaffte, und wie ich am Ende sogar im Untersuchungsausschuß des Senats der Vereinigten Staaten war.

Charles Brower, Mörder.

Der Kopf tat mir bis in den Nacken hinunter weh. Ich kam an

Restaurants, Schnellimbiß-Lokalen, Fernfahrer-Raststätten vorbei. Alle versprachen den besten Kaffee. Ich warf einen Blick nach hinten, auf Coras friedlichen Gesichtsausdruck. Ich hielt nicht an.

Auf dem Sitz neben mir lagen Notizblock und Bleistift. Bevor ich zu Hause aus dem Hof gefahren war, hatte ich mir sorgfältig den Kilometerstand notiert. Ich fuhr jetzt seit ungefähr sechs Stunden, und der Tank war noch halb voll. Ich sagte mir, das sei ein gutes Omen. Also wenigstens etwas Gutes: das kleine Auto hatte einen unglaublich niedrigen Benzinverbrauch.

Ich hielt nicht zum Essen an. Gegen drei Uhr nachmittags bemerkte ich, daß ich tanken mußte. Das war jetzt der kritische Moment. Ich war schon fast achthundert Kilometer gefahren und hatte noch über elfhundert vor mir.

Ich verließ den nach Westen führenden Highway und traf auf eine breite Hauptstraße Richtung Norden. Ich bremste, zog das Jackett aus und hüllte Cora liebevoll darin ein, wobei ich es ihr um Hals und Schultern feststeckte.

Sie sah aus, als würde sie schlafen. Ich hätte es beinahe selbst geglaubt. Das leichte Lächeln auf ihrem Gesicht wirkte fast überheblich.

Schweißgebadet fuhr ich auf eine Tankstelle – eine sehr geschäftige mit sechs Tanksäulen.

»Ja bitte, Sir?«

»Volltanken bitte«, sagte ich mit leiser Stimme.

»Normal oder Super?«

»Normal genügt.«

Er blickte über meine Schulter. Er senkte die Stimme und grinste. »Schläft aber fest, was?«

»Ja. Wir haben einen weiten Weg hinter uns.«

»Wie ich sehe, seid ihr aus Indiana. Wart wohl unten in Florida?«

»Ja.«

Er ging nach hinten zum Zapfhahn, und während das Benzin einlief, schaute er unter die Motorhaube. Ich beobachtete ihn dabei und spürte, wie mir der Schweiß übers Gesicht lief. Ich fühlte mich schon ganz schmierig vor lauter Schwitzen.

Ich sah mich hilflos um. Mir war, als würde mich dieser Benzinschlauch an die Tankstelle fesseln, als müßte dieser Bursche jeden Moment bemerken, daß Cora bei all dem Autolärm, der laut zugeschlagenen Motorhaube und dem Stimmengewirr der anderen Kunden doch niemals würde weiterschlafen können.

Mein Blick streifte einen pyramidenförmig aufgebauten Stapel roter Reservekanister. Ich schaute sie kurz an, dann stieg ich aus, ging darauf zu und hob einen heraus.

Ich nahm ihn mit zur Zapfsäule, an der der Angestellte gerade den Einfüllstutzen aus der Tanköffnung nahm.

»Würden Sie mir den bitte auch noch füllen?« sagte ich. »Wir wollen versuchen, bis morgen früh zu Hause zu sein. Vielleicht finde ich spätnachts keine offene Tankstelle mehr.«

Der Junge zuckte die Schultern. »Ich verkaufe Ihnen den Kanister natürlich gerne, Mister, aber Sie können jetzt praktisch jeden Ort in Indiana vor morgen früh erreichen – das ist von hier aus überhaupt kein Problem mehr.«

Ich schluckte den Ärger hinunter, der in mir aufstieg. Ich sagte: »Ich weiß nicht. So müde, wie ich bin. Vielleicht muß ich eine Weile anhalten.«

Er füllte bereits den Kanister für mich auf. »Ihre Frau fährt wohl nicht?«

»Nein.«

»So, jetzt haben Sie jedenfalls 'ne Menge Benzin.« Er musterte mich. »Sie sehen tatsächlich aus, als könnten Sie eine Ruhepause vertragen, Mister.«

Abends in Missouri trafen meine Scheinwerfer auf den Namen des Flüßchens, das ich gerade überquerte. »Fluß der Umkehr«. Ganz nebenbei überlegte ich mir kurz, wie es wohl zu diesem Namen gekommen sein mochte, aber mein Hauptaugenmerk galt der Tatsache, daß ich momentan völlig allein auf dem dunklen Highway war. Ich hielt an und stieß zurück.

Ich stieg aus, wobei mir die Knie vor Müdigkeit zitterten. Ich suchte ein halbes Dutzend Steine zusammen. Dann nahm ich Coras Koffer vom Rücksitz und packte die Steine zu den Kleidern, die ich für sie in den Koffer getan hatte. Ich schloß den Koffer, trug ihn auf die kleine Brücke und warf ihn hinunter. Ich hörte ihn aufklatschen, und dann umfing mich wieder Stille.

Weit entfernt bemerkte ich Scheinwerfer auf der Straße. Ich rannte zurück zum Auto, stieg ein und fuhr los.

Der Highway schwankte mir vor den Augen. Es war früh am Morgen, die Dunkelheit drängte gegen die Autofenster. Meine Augen waren schwer und trocken und fühlten sich wie geschuppt an.

Ich wachte unvermittelt auf, als mein Vorderreifen über den linken Seitenstreifen fuhr.

Ich lenkte auf die Fahrbahn zurück. Hinter mir sah ich Scheinwerfer. Wenn das ein Streifenwagen war, würden sie mich bestimmt wegen Trunkenheit am Steuer anhalten. Für die nächsten paar Meilen war ich hellwach. Dann fiel mir der Kopf wieder vornüber, und ich spürte, wie das Auto schwamm. Hinter mir hupte jemand.

Sofort riß ich die Augen auf. Ich war auf der falschen Straßenseite. Das Hupen hielt an, auch als ich das Auto wieder auf die rechte Seite gezogen hatte.

Ich bremste, so müde, daß mir alles egal war. Wenn das die Polizei war, hatte ich wenigstens gleich alles hinter mir.

Ein Mann lehnte sich aus dem Fenster des Autos, das jetzt neben mir herfuhr.

Er schrie: »Sie sollten vielleicht mal Pause machen und einen Kaffee trinken, Junge. Wenn Sie so im Schlaf fahren, werden Sie sich noch umbringen – oder jemand anderen.«

Ich lenkte in die gekieste Einfahrt zu einem Schnellimbiß am Rande einer Stadt. Ich hielt im Dunkeln an und sah zu Cora.

Als ich in den Imbiß hineinging, konnten ich mich fast nicht mehr auf den Beinen halten.

Die Kellnerin war blond. Sie beugte sich über den Tresen und sah mich aufmerksam an, während sie meine Bestellung entgegennahm.

Ich blickte kein einziges Mal zu ihr hinüber. Sie lachte: »Mann, Sie sehen ja wirklich aus, als wären Sie die ganze Nacht auf Achse gewesen.«

»Ja. Ich bin eine weite Strecke gefahren.«

Sie brachte den Kaffee, und ich trank zwei Tassen schwarz. Der warme Essensgeruch verursachte mir Übelkeit. Es machte mir Schwierigkeiten, den schwarzen Kaffee drinnen zu behalten; daß ich jetzt nichts essen konnte, war mir klar.

Hinter mir ging die Türe auf. Ein Polizist in Uniform trat ein. Ich hielt den Atem an.

Er ließ den Blick über den Tresen schweifen und lächelte der Bedienung zu.

»Wem gehört der graue Studebaker da draußen?« Er wartete. Ich sagte nichts, weil ich nichts herausbrachte. »Kennzeichen aus Indiana«, fügte er hinzu.

»Mir«, krächzte ich.

»Sie haben das Licht brennen lassen. Da wird Ihre Batterie bald hinüber sein.«

»Oh? Danke.« Ich spürte, wie meine Schultern zusammensanken. »Wollte sowieso gerade gehen.«

Die Kellnerin lachte. »Laß ihn, Jay. Er versucht gerade, so etwas wie einen Weltrekord im Dauerfahren aufzustellen.«

Ich ballte die Fäuste; auch nur die geringste Aufmerksamkeit auf mich zu lenken war das Letzte, was ich brauchen konnte. Der Polizist starrte mich an. Ich hätte schreien können. Da war ich doch so vorsichtig gewesen und zum Tanken sogar extra auf eine Straße in nord-südlicher Richtung gefahren. Und jetzt, wo ich auf der Straße nach Westen an einer Raststätte angehalten hatte, schaute mich alles an.

»Sie sollten wirklich irgendwo in ein Motel fahren und ein bißchen schlafen, Mister«, sagte der Polizist. »Sie sehen aus, als könnten Sie's brauchen.«

»Ja«, sagte ich. »Ich bin müde.« Ich ließ etwas Geld auf dem Tresen liegen und ging.

Kurz bevor die Sonne aufging, hielt ich an einem Bach. Ich wusch mir das Gesicht, dann füllte ich den roten Reservekanister in den Tank. Ich rechnete mir den Benzinverbrauch aus. Ich verbrauchte kaum mehr als zehn Liter auf 100 km. Ich öffnete die Kühlerhaube. Das Wasser war nicht heiß und nicht weniger geworden. Öl hatte der Wagen auch nicht verbraucht.

Wirklich vorsichtiger Fahrer, dachte ich bitter, während ich den leeren Benzinkanister in den Bach warf und davonschwimmen sah.

Bei Tagesanbruch war ich auf der Ebene von Kansas. Es gab keine Bäume mehr, außer manchmal in einem trockenen Bachbett oder sorgfältig angepflanzt als Windschutz neben einer Farm. Die Ebene lag bis zum Horizont flach und gelb vor mir.

Ich fuhr den ganzen Tag weiter, allerdings nicht schneller als 50, denn eine höhere Geschwindigkeit traute ich mir, müde wie ich war, nicht mehr zu.

Ich fuhr durch Städte, ohne sie überhaupt wahrzunehmen. Eine endlose Ebene, in der Ferne sah man manchmal kleine Ölbohrtürme, die in gerader Linie aufgereiht waren, und Getreidesilos, die man schon aus dreißig Kilometer Entfernung erblickte. Bei Dämmerung kam ich in eine kleine Stadt, die Oakley hieß, hier gab es rotes Straßenpflaster, zwei Drugstores, eine Autowerkstatt, ein Hotel und einen Bahnhof.

Ich parkte in einer Seitenstraße, außer mir stand hier niemand. Ich kurbelte die Fenster hoch, verschloß die Türen und ging zurück zum Hotel. Ich fragte nach Bussen. Der nächste Bus nach Westen, der bis Denver fuhr, kam heute abend um 9 Uhr. Ich bedankte mich bei der Dame und kehrte zum Auto zurück.

Ungefähr 10 Kilometer außerhalb der Stadt am Highway 40 bog ich von der Straße ab und fuhr auf ein nicht eingezäuntes Weizenfeld. Ich versuchte nicht, das Auto besser zu verbergen, als es die Dunkelheit jetzt ohnehin tat.

Ich hielt an, schaltete den Motor ab und saß kurz in der Stille. In unregelmäßigen Abständen kamen Autos den Highway entlang, in ziemlich großer Entfernung, so daß ihre Scheinwerfer nur klein zu sehen waren. Endlich hatte ich die Kraft, mich zu bewegen. Ich wischte alle Fingerabdrücke im Auto ab, so gut ich konnte, wobei ich mich mit aller Sorgfalt an jede Stelle zu erinnern versuchte, die ich berührt hatte, auch die Motorhaube und den Verschluß der Wasserkühlung. Ich wußte allerdings, daß Fingerabdrücke gar nichts nützten, wenn sie nicht auf einer glatten, ebenen Fläche waren.

Ich ließ den Zündschlüssel stecken. Ich bückte mich unter das Armaturenbrett und zerbrach mit dem Schraubenzieher zwei Röhren des Radios.

Ich ging um das Auto herum und überprüfte jede Einzelheit. Als ich schließlich mit allem zufrieden war, hob ich Cora hoch, wobei ich bemerkte, daß sie schon ganz steif und schwer unbeweglich. Ich setzte sie auf den Fahrersitz hinter das Lenkrad und ließ sie vornüber sinken.

Adieu, Cora. Diesmal endgültig.

Ich schlug die Wagentür zu und ging in Richtung Oakley. Die Stoppelfelder waren trocken und hart. Ich hinterließ nicht einmal eine Fußspur, die man hätte verfolgen können.

Ich trabte dahin, wobei jeder Schritt bis in die Schädeldecke hinauf vibrierte. Ich blieb auf den Feldern, ging um die Stadt herum und kam von Osten her die Gleise entlang wieder in die Stadt zurück.

An der Bushaltestelle versuchte ich mich zu säubern, so gut ich konnte. Mir war ein Zwei-Tage-Bart gewachsen. Als ich meine Brille aufsetzte, erkannte ich mich selber kaum.

Ich kaufte einen Fahrschein nach Denver, setzte mich und wartete. Ich hielt mich nur mit großer Mühe wach. Der Bus hatte 15 Minuten Verspätung. Ich stieg ein, suchte mir einen Sitzplatz und ließ mich fallen. Ich schlief fast im selben Moment ein und hörte nichts mehr, bis wir in Denver in den Busbahnhof einfuhren.

## 12

Ich ging los; die kalte Luft tat mir gut. Nach einiger Zeit betrat ich ein Friseurgeschäft, ließ mich rasieren, maniküren und mir die Haare schneiden und die Schuhe putzen.

Von dort aus ging ich in ein Restaurant mit Klimaanlage. Ich bestellte Eier mit Schinken, aber als sie kamen, konnte ich nichts essen. Ich hatte immer noch den Knoten im Magen.

In einem feinen Geschäft für Herrenbekleidung kaufte ich Unterwäsche, ein Hemd und einen grauen Anzug. Ich ließ meine alten Kleider dort einpacken und trennte im Taxi das Markenschildchen aus meinem alten Jackett.

Im Futter meiner Hosentasche waren die Markierungen der chemischen Reinigung angebracht, aber ich dachte, daß das hier in Denver nichts ausmachen würde. Mit dem Taxi fuhr ich zur Geschäftsstelle der Heilsarmee. Dort gab ich mein Kleiderbündel ab. Ich fand, daß ich das gut machte. »Meine Frau sagt, wenn ich mich jetzt nicht von diesem alten Anzug trenne, trennt sie sich von mir.« Ich lächelte, als ich das sagte.

Allmählich wurde mir leichter. Besser. Ich begann an Laura zu denken, mich nach ihr zu sehnen. Ich sagte mir, daß der Knoten in meinem Zwerchfell sich jetzt bestimmt bald auflösen würde. Ich konnte zwar noch nichts essen, aber das würde schon besser werden.

Am Flughafen kaufte ich ein Ticket nach Chicago. Als der Angestellte am Schalter der TWA mich nach meinem Namen fragte, gönnte ich ihm ein mildes Lächeln. Zum Teufel, dachte ich. »Richter Richard Smith«, sagte ich zu ihm.

Im Flugzeug schlief ich eine Weile ein, aber nicht tief. Ich war unruhig und wachte immer wieder ganz plötzlich auf.

In Midway ging ich zum Schalter der Eastern Airlines und buchte einen Flug nach Tampa, wobei ich allmählich aufgeregt wurde. Sobald ich Laura sah, würde alles in Ordnung sein.

Als der Angestellte nach meinem Namen fragte, zögerte ich. Dann nannte ich Gulick Williams' Namen.

Wir waren seit ungefähr einer Stunde in der Luft, und ich döste. Plötzlich wachte ich auf, blaß und erschüttert; ich hatte bestimmt geschrien. Ich sah mich zitternd um. Niemand achtete auf mich. Ich lehnte mich wieder zurück und atmete tief.

Ich konnte den Traum noch immer nicht abschütteln; ich hatte Cora hier neben mir sitzen sehen, ganz steif in der Totenstarre und ausgestreckt, so daß sie mich gegen die Kabinenwand drängte.

Ich blieb jetzt wach, bis wir in Tampa landeten. Dort kaufte ich mir eine Zeitung. Natürlich war keine Notiz darin, daß Coras Leiche gefunden worden sei. Wann kommt ein Verbrechen, das im Westen begangen wurde, schon je in eine Zeitung aus dem Osten? Ist denn das Auffinden einer Frauenleiche so interessant, daß man es telegraphisch durchgibt, noch dazu, wenn die Frau auch allein unterwegs gewesen und eines natürlichen Todes gestorben sein kann?

Man könnte meinen ganzen Plan verschroben und kompliziert finden. Und voller unnötiger Risiken. Man könnte sagen, daß ein Anwalt mit zehnjähriger Berufserfahrung eigentlich cleverer sein sollte. Aber das war eben meine Methode. Manchmal kann man auch zu klug sein und sich dadurch selbst eins auswischen. Und wie ich Laura schon gesagt hatte, ich wollte nichts mit dem Gericht, mit Versicherungsgesellschaften oder auch nur mit der Polizei zu tun haben. Wenn man es mit zwölf Geschworenen und der Wahrheitsfindung zu tun hatte, konnte man sich auf nichts verlassen. Ich wollte kein Risiko mehr eingehen. Ich hatte auf meiner Fahrt nach Westen alles auf eine Karte gesetzt und war mir sicher, daß dieses Auto, das dort draußen in der Ebene von Kansas stand, der Polizei und dem FBI Hämorrhoiden verursachen würde – eine nicht identifizierbare Frau, ein Auto, das niemand gehörte, Staubpartikel und Straßenschmutz aus einem halben Dutzend Staaten. Sie würden im Viereck springen und sich im Kreise drehen, aber ich baute darauf, daß ihre Nachforschungen niemals so weite Bahnen ziehen würden, daß sie Summit mit einzuschlössen, das schließlich eintausendsechshundert Kilometer weiter östlich lag, und daß sie niemals so laut würden, daß die Polizei in meiner Gemeinde sie hörte. Natürlich war das ein komplizierter Trick, den ich da versuchte, aber wenn er mich vor dem Gericht bewahrte, vor der Polizei und vor jedem Verdacht, dann war das alles, was ich wollte. Solange sie versuchten, die Kleider zurückzuverfolgen, das Nummernschild, oder das gestohlene Auto, oder sogar Cora selbst – würde ich mit diesem Mord davonkommen.

Aber jetzt wollte ich nichts anderes, als Laura sehen.

Ich rief sie an, sobald ich Passagrille Beach erreicht hatte. Ich hatte mir ein anderes Motel ausgesucht. Mir setzte das Herz aus, als ich ihre Stimme hörte.

»Ich muß dich sehen«, sagte ich.

»Ja.«

»Sobald es dunkel wird, Laura. Ich brauche dich. Komm hier her.«

»Ja. Das wird besser sein. Ich bin jetzt schon so lange hier, daß man mich als Einheimische bezeichnen kann.«

»Sobald es dunkel wird.«

»Ja …« Es gab ein langes, gespanntes Schweigen. »Charley?«

»Ja?«

»Charley … hast du es getan?«

»Ja.« Mir dröhnte der Kopf.

Sie gab keine Antwort. Ich hörte sie durch das Surren der Telefonleitung hindurch schnell und heftig atmen. Schließlich legte sie sehr sanft auf, und die Verbindung war unterbrochen.

»Es ist erledigt, Laura. Sonst zählt nichts. Ich möchte nicht darüber reden. Ich wollte nur hierher zu dir, damit ich nicht daran denken muß.«

Sie bewegte sich im Bett und machte in der Dunkelheit große Augen. »War es so schlimm, Charley?«

Mir dröhnte weiter der Kopf, der Friede, den ich in ihren Armen zu finden gehofft hatte, kam nicht. Ich holte tief Luft und rieb mir die Schläfen.

Jetzt konnte ich es doch nicht länger für mich behalten. Die Worte stürzten hervor, jedes einzelne mit Bitterkeit durchtränkt. Ich fühlte mich abstoßend und verdorben und wußte, daß ich das nie mehr loswerden würde. Ich erzählte ihr, wie es gewesen war, wie mir übel geworden war, als ich erkannte, daß Cora tot war, wie höllisch es gewesen war, mit ihrer Leiche auf dem Rücksitz fast zweitausend Kilometer nach Westen zu fahren.

Sie rutschte näher zu mir, ich spürte ihren Atem heiß auf meinem Gesicht.

Ich berührte ihren Körper, ihre Hände, ihre Lippen, und das hätte jetzt so sein müssen wie nichts anderes auf Erden. Aber es war, als hätte ich zu lange hungern müssen und könne jetzt an gar nichts mehr Geschmack finden. Nichts war gut. Je mehr ich mich auf sie einzustellen wünschte, desto schlimmer wurde es.

Der Kopf dröhnte mir so schrecklich, daß ich glaubte, die Augen würden mir herausplatzen …

Wir ließen uns das Essen aufs Zimmer servieren. Wir gingen den ganzen Tag nicht hinaus. Ich konnte alles vergessen, da ich jetzt hatte, was ich und Laura wollten. Das Entsetzliche war nur, daß ich sie nicht besitzen konnte, auch jetzt nicht.

»Wir müssen aufpassen, Laura.«

»Ich möchte aber nicht aufpassen. Jetzt können wir doch zusammen sein, Charley.«

»Nein. Erst wenn die Scheidung endgültig durch ist.«

Sie drückte ihren Mund auf meinen, weich und warm, und ihr Atem strich duftend und angenehm über mein Gesicht. »Jetzt ist es doch vorbei, Charley. Es ist vorbei. Sie ist tot, und es ist vorbei.«

Ich stand auf, nicht weil ich das wollte, sondern weil ich Angst hatte, daß ich ihr langsam glauben würde. »Erst wenn ich sicher bin, daß ich nicht verdächtigt werde.«

Sie lehnte sich im Bett vor und sah mich mit glühenden grünen Augen an. »Wirst du das jemals sicher wissen, Charley?«

Ihre Worte ließen mich erzittern. Darin lagen alle meine eigenen Zweifel.

Aus meiner Tasche zog ich einen Brief, den Cora geschrieben hatte. Ich gab ihn Laura.

»Ich möchte, daß du Coras Handschrift nachmachst, Laura. So gut wie nur möglich. Du mußt einen Brief an Coras beste Freundin zu Hause schreiben. Sag ihr, daß du – also Cora – und ich uns gestritten haben, und daß du dich auf die in Florida übliche Weise scheiden lassen willst. Sag ihr, daß du Florida verlassen und nach

Südamerika gehen willst, sobald die Scheidung amtlich ist – daß du fort willst, irgendwo hin, wo du vergessen kannst.«

»Werde ich mit meiner Handschrift denn Coras beste Freundin hinters Licht führen können?«

»Vielleicht kennt sie ihre Schrift nicht so genau. Auf jeden Fall bist du ja ganz außer Fassung. Schreib nicht zu sorgfältig, kritzle die Buchstaben hin, als wärst du beinahe wahnsinnig. Es ist mir ganz egal, wie du es hinkriegst, Edie muß nur einfach diesen Brief bekommen.«

Laura streckte die Hand nach mir aus. »Charley, ich will nicht, daß du mich allein läßt. Ich hab' solche Angst, wenn du weg bist.«

Ich drückte die Fäuste an meine schmerzenden Schläfen. »Ich auch«, sagte ich. »Aber irgendwann wird es vorbei sei, und dann haben wir uns.«

Sie sprang aus dem Bett und schmiegte sich in meine Arme. Sie legte den Mund auf meinen, und ich fühlte mich besser, fühlte, daß es das vielleicht doch wert sein mochte. Mit Laura ganz dicht neben mir ging es mir gut. Alles war gut.

## 13

Bevor ich den Zug in Richtung Norden nahm, kaufte ich die Zeitungen aus Denver. Ich hörte den rothaarigen Zeitungsverkäufer einen Witz darüber machen, ob ich wohl erfahren wolle, wer zu Hause ein Kind bekommen habe, aber da mir der Kopf so sehr dröhnte, konnte ich ihm nicht einmal Antwort geben.

»Oh Mann, Sie haben wohl Heimweh«, sagte er, als ich schnell weg ging.

Im Zug las ich die Zeitungen, obwohl mir die Augen fast aus dem Kopf springen wollten, so sehr schmerzte es hinter ihnen.

Ich fand es. Zunächst hatte die Staatspolizei von Kansas gedacht, daß die Frau, die man in dem Auto gefunden hatte, an einem Herzversagen gestorben war, aber die Ärzte bestritten das und sagten, sie sei erstickt. Das setzte die Polizei in Erstaunen, die dann allerdings zu der Theorie gelangte, die Frau sei vielleicht an den Auspuffgasen erstickt, bevor sie den Motor ausschalten konnte. Da das Auto ein Kennzeichen von Indiana hatte, war die Tote fotografiert worden. Man befürchtete irgendwelche üblen Tricks, und das FBI war hinzugezogen worden.

Ich las, bis ich nicht mehr konnte. Ich sah vor mir, wie sie dort durchdrehten – ein Nummernschild, das nicht zum Auto gehörte; ein Auto, das überhaupt niemand gehörte; Coras Fingerabdrücke nutzlos, weil sie nirgends registriert waren.

Ich knüllte die Zeitung zusammen und warf sie auf den Boden.

Ich nahm vier Aspirin, aber meine Kopfschmerzen blieben.

Als der Zug in Summit einfuhr, ging ich als erstes in eine Telefonzelle und rief Victoria Haines an.

»Cora hat mich verlassen«, sagte ich zu ihr.

»Das bricht mir das Herz.«

»Ich hatte nicht erwartet, daß es dir etwas ausmacht, Victoria. Ich dachte nur, du würdest es vielleicht gerne wissen wollen.«

Sie lachte. »Ach so, du willst unbedingt Richter werden, nicht wahr, Charley?«

»Ich bedaure, daß ich dich angerufen habe.«

»Kleinen Moment, Charley. Entschuldige, daß ich so spitz zu dir war. Aber ich kann dir sagen, bis jetzt hat man sich noch für niemand entschieden … Soll ich bei dir vorbeikommen und dich abholen?«

»Wir müssen vorsichtig sein.«

»Oh, Charley. Doch nicht so vorsichtig. Du wartest auf mich an der Ecke.«

Ich hätte sie am liebsten angebrüllt. Mir war unklar, wie ich es jetzt mit Victoria im selben Zimmer aushalten sollte. Mir dröhnte der Kopf.

Was sollte ich machen? Ich wollte dieses Richteramt. Es war das Wichtigste, was mir geblieben war.

»Na schön, Victoria«, sagte ich.

In Victorias Wohnung nahm ich noch sechs Aspirin. Sie streichelte mir ununterbrochen das Gesicht, und ich mußte schließlich hinfassen, um mich zu überzeugen, daß sie nicht schon eine Rinne hineingegraben hatte.

»Du hast mir so schrecklich gefehlt, Charley. Die Welt war leer für mich, solange du nicht da warst.«

Der süßliche Duft des Zimmers war eine Qual. Er tat mir in der Kehle weh. Mir wurde jetzt klar, was Cora erlebt hatte, als ich sie mit diesem Kissen erstickte …

Ich hatte mir präzise überlegt, wann ich vor meinem Haus am Forest Drive aus dem Taxi steigen sollte. Ich tat es genau zu dem Zeitpunkt, wo Myers zur Arbeit fahren wollte und Edie ihn noch hinaus zum Auto begleitete.

Sie kam um die Hecke, und wir trafen uns auf dem Gehsteig vorm Haus. Sie machte ein besorgtes Gesicht. »Charley, was ist denn los? Wo ist Cora?«

Es fiel mir nicht schwer, beunruhigt auszusehen, bei diesen Kopfschmerzen.

»Ich kann's dir ja sagen, Edie. Du weißt doch, daß Cora und ich uns schon seit Monaten nicht mehr so gut verstanden –«

»Das lag aber nur an dir, Charley. Oh, ich hab' wirklich noch nie jemanden gesehen, der so in den eigenen Mann vernarrt war wie Cora.«

»Na ja, trotzdem hat sie mich jetzt verlassen.«

»Charley. Das glaube ich nicht.«

»Stimmt aber. Es ging einfach nicht. Wir haben uns gestritten. Als sie mich verließ, sagte sie, sie werde nach Miami gehen. Na ja, und ich habe doch jetzt diese Gerichtsverhandlung. Ich mußte zurückkommen. Ich konnte ihr nicht nachlaufen. Vielleicht wird sie ja wieder vernünftig.«

Edies Gesicht war ganz grau geworden. »Du bist aber doch vernünftig, Charley. Laß diese blöde Verhandlung verschieben, und dann fliegst du da 'runter und holst Cora nach Hause.«

»Das würde nicht gehen.«

»Warum denn nicht?«

»Ich bin mit ihr auf diese Reise gegangen – obwohl ich es mir zeitlich eigentlich gar nicht leisten konnte. Ich habe getan, was ich konnte.«

Sie warf den Kopf zurück. »Das finde ich nicht, Charley. Du hast sie überstürzt bei Nacht und Nebel aus dem Haus gebracht. Sie ist nicht einmal mehr dazu gekommen, auch nur eins von den Dingen zu kaufen, die sie mitnehmen wollte.«

»Ich habe mein Bestes getan.« Die ganze Straße drehte sich um mich, und meine Augen fühlten sich an, als wollten sie mir gleich aus dem Kopf springen.

»Nein. Hast du nicht.« Sie wandte sich ab und richtete sich sehr gerade auf. »Ich glaube, das hast du nie auch nur versucht. Nicht ein einziges Mal.«

Eine Woche später bekam ich einen Brief von dem Anwalt, zu

dem Laura in Florida gegangen war. Cora reichte die Scheidung gegen mich ein, wegen seelischer Grausamkeit.

In der Tageszeitung stand eine kleine Notiz dazu.

HIESIGER ANWALT VERKLAGT

Charles Brower, der bekannte, sozial stark engagierte junge Anwalt aus Summit, und seine Frau Cora Farland Brower haben sich getrennt. Frau Brower, die sich in verschiedenen hiesigen Vereinen hervorgetan hat, reichte in Florida die Scheidung ein, aufgrund seelischer Grausamkeit. Das Paar war elf Jahre verheiratet. Es ist kinderlos.

Ich schrieb dem Anwalt und teilte ihm mit, daß ich nicht nach Florida kommen würde und auch nicht beabsichtigte, die Scheidung anzufechten …

Ich wußte nicht so recht, was ich mit dem Haus machen sollte. Es gehörte eindeutig Cora und würde in der Scheidungsvereinbarung ihr zuerkannt werden. Ich wollte auch gar nicht darin wohnen. Mir war die Stille, die darin herrschte, verhaßt. Ich konnte das Zimmer, in dem Cora gestorben war, überhaupt nicht betreten. Die Zugehfrau brachte das Bett in Ordnung, und dann machte ich die Türe zu und ließ es geschlossen.

Ich stand gerade auf der Sonnenveranda, als Edie Myers durch die Spalte in der Hecke kam, die Cora und sie angelegt hatten, um einander leichter besuchen zu können.

Als sie durch die Gartentür trat, sah ich, daß sie einen Brief in der Hand hatte. Ich spürte, wie in mir die Spannung stieg. Das war der Brief, den ich Laura in Florida hatte schreiben lassen. Es hing jetzt viel davon ab, wie Edie Myers diesen Brief aufnahm.

Ihr Gesicht war hart. Sie machte keinen Versuch, ihre Abneigung gegen mich zu verbergen. »Ich habe einen Brief aus Florida bekommen ...« Sie hielt inne. Mein Herz schlug schneller und dann ganz langsam. Ich fühlte, wie mir das Blut aus dem Gesicht wich. »Er ist von Cora.«

»Ach ja?« Ich ging ihr durch den Garten entgegen und tat so, als machte mir das nichts aus, hatte aber Angst, ihr mein Gesicht zu zeigen.

»Ja. Das ist ein seltsamer Brief, Charley. Er klingt überhaupt nicht wie Cora.«

»Wie klingt denn Cora?«

»Bist du so verbittert, Charley? Wenn es da jetzt zu einer Scheidung kommt, ist das deine Schuld. Einzig und allein deine Schuld.«

»Wir Indianer haben ein altes Sprichwort, Edie. Gehe eine Meile in meinen Mokassins, ehe du mich einer Schuld bezichtigst.«

»Oh, ich will nicht sagen, daß Cora keine Fehler hatte. Aber sie liebte dich. Sie hätte alles dafür getan, ihr Heim mit dir zu bewahren.«

»Vielleicht war sie am Ende doch überzeugt, daß das nicht gut gehen würde.«

»Ich bin nicht herüber gekommen, um mit dir zu streiten. Ich habe dir nichts mehr zu sagen, Charley. Ich habe alles gesagt, was ich mußte. Wenn Cora in Florida ist –«

»Hast du nicht gerade einen Brief von ihr von da unten bekommen?«

»– solltest du am besten gleich hinfliegen und sie mit zurückbringen. Ich wäre gar nicht herüber gekommen, aber ich würde gerne etwas sehen, was Cora geschrieben hat.«

Ich riß den Kopf herum. »Warum?«

Das hatte mich hart erwischt. Ich wußte, was jetzt kommen würde. Ich hielt den Atem an. Und da kam es auch schon.

»Ich würde gerne ihre Schrift mit diesem Brief vergleichen. Er ist so komisch, gar nicht wie von Cora.«

»Um Himmels Willen, was ist denn mit dir los?«

»Gar nichts. Hast du nicht einen Brief von Cora, oder irgend etwas anderes, was sie geschrieben hat?«

»Nicht daß ich wüßte, so auf die Schnelle.«

»Hat sie dir nicht geschrieben?«

»Warum sollte sie wohl?«

Sie blickte mich lange Zeit an. Schließlich schüttelte sie den Kopf. »Ich wünschte, ich würde etwas von ihr finden – diese Schrift hier ist einfach nicht in Ordnung.«

»Vielleicht war Cora so aufgeregt. Was willst du eigentlich, Edie? Was versuchst du damit zu sagen?«

Sie zuckte die Schultern. »Ich weiß auch nicht –«

»Wenn du glaubst, daß da irgend etwas nicht stimmt, sag es mir.«

»Nein, nein, Charley.« Sie ging wieder auf das Gartentor zu. »Nur weil das alles so seltsam ist. Daß Cora sich von dir aus dem Haus zerren läßt und kein einziges Stück von all dem mitnimmt, was sie mitnehmen wollte. Daß sie sich dann zu einer Scheidung entschließt, obwohl sie mir hundertmal gesagt hat, daß sie sich nie scheiden lassen würde. Und dann dieser Brief hier, der so gar nicht nach ihr klingt, und in dem sie schreibt, sie wolle nach Südamerika gehen –«

»Ach was?«

»Hast du das nicht gewußt? Klingt das vielleicht nach Cora? Sie hatte immer Angst davor, unter Fremden zu sein, und jetzt schreibt sie plötzlich, sie wolle nach Südamerika gehen, um zu vergessen. Mir käme es viel wahrscheinlicher vor, daß Cora, wenn sie unglücklich ist, bei ihren ganzen Freundinnen sein wollte, damit die ihr helfen können.«

Ich schaute sie starr an. »Vielleicht schien es ihr am Ende so, als hätten ihr ihre Freundinnen zu sehr geholfen – wenn sie ständig mit jeder Lüge, die sie sich ausdenken konnten, zu ihr gerannt kamen.«

Sie lachte. Sie stieß die Türe auf. »Tu nicht so, als wärest du verletzt, Charley. Das paßt überhaupt nicht zu dir. Der blendende junge Anwalt, der sich für die kleine Cora verdammt viel zu gut war. Und jetzt ist es dir sogar egal, daß sie ganz allein nach Südamerika fährt, wo sie doch schon Angst hatte, allein in die Stadt zu fahren.«

Sie ging durch den Hof davon, den Brief noch immer fest in der Hand. Ich stand da und verfluchte sie im stillen.

An diesem Abend saß ich im Vorderzimmer. Ich hatte mich fast schon dazu überredet, daß es durchaus nicht komisch aussehen würde, wenn ich dieses Haus verließ und ins Hotel ginge. Ein Vorteil dabei wäre, daß ich Abstand hätte zu Edie Myers und ihrem sechsten Sinn. Kaum zu glauben, daß sie einen so hoch entwickelten sechsten Sinn besaß, wo doch die fünf anderen so armselig waren.

Es läutete. Ich schaute aus den Fenstern und sah, daß es schon dunkel war. Ich hatte Angst, es könnte Victoria Haines sein. Sie hatte die letzten zwei Tage lang völlig Ruhe gegeben.

Es war Frank Vanness.

In diesem Moment ahnte ich, wie der Rest meines Lebens aussehen würde. Es war vollkommen gleichgültig, ob ich verdächtigt wurde oder ob ich ohne Schwierigkeiten davonkam. Das machte die Sache so unerträglich. Ich würde niemals sicher sein können, ob es nicht plötzlich klopfte und einer vor der Türe stand, einer, der die Antwort wußte.

»Darf ich 'reinkommen, Anwalt?«

»Natürlich. Warum nicht?« Ich trat zur Seite und lehnte mich leicht gegen den Türpfosten. Er ging an mir vorbei.

»Ich möchte Ihnen gegenüber jetzt nicht auf den Busch klopfen, Anwalt.« Er drehte den Hut in den Händen und sah sich im Zimmer um. »Ich habe in der Zeitung gelesen, daß Sie und Ihre Frau sich scheiden lassen. Habe gelesen, daß sie in Florida ist. Deshalb nehmen wir das Ganze nicht so ernst.«

Ich schluckte mühsam, bot ihm etwas zu trinken an, sah, daß er den Kopf schüttelte. »Welches Ganze?«

»Es ist etwas zu Ihren Gunsten, genau so gut aber auch gegen Sie, Anwalt. Das sehen Sie doch.«

»Wie Sie meinen. Wollen Sie wirklich nichts trinken?«

»Diesmal nicht. Heben Sie sich diese Einladung für das nächste Mal auf, Anwalt.«

»Heißt das, daß Sie noch einmal kommen werden?« Ich versuchte zu lachen. Er auch. »Vielleicht. Wer weiß?«

## 14

Laura war am nächsten Morgen wieder im Büro. Ich konnte es kaum erwarten, hinzukommen und sie zu sehen. Ich hatte schon gewußt, daß sie nachts mit dem Flugzeug ankommen würde, hatte aber nicht gewagt, zum Flughafen zu fahren; ich setzte mich neben das Telefon, wagte aber auch nicht, sie anzurufen.

Ich hatte mich bisher in der Sicherheit gewiegt, ich hätte alle nur denkbaren Einzelheiten beachtet, aber plötzlich bekam ich entsetzliche Angst vor Klatsch. Die Scheidung würde mir ganz bestimmt nicht dabei helfen, Gulick Williams' Stelle zu bekommen. Ich würde wirklich alles tun müssen, was ich konnte, um diesen Schlag gegen mich wieder auszugleichen. Ich hatte Angst, man könne den Eindruck gewinnen, ich sei hinter meiner Sekretärin her, oder zeigte zumindest Interesse für sie.

Sie war im Vorzimmer. Ich hätte sie in die Arme nehmen und zu Hause willkommen heißen sollen. Sie war ja an der Sache beteiligt, ganz und gar, juristisch gesehen meine Komplizin. Aber ich blieb sogar meinen tiefsten Gefühlen gegenüber auf der Hut.

Laura war zu aufgeregt, um zu sehen, wie sehr ich in Gedanken verloren war. Sie sperrte die Eingangstüre ab, als ich eingetreten war. Schließlich zog sie sich von mir zurück, und ich sah die tiefe Angst in ihren Augen. »Wir müssen miteinander reden, Charley.«

»Wir müssen aber auch aufpassen. Die Scheidung ist noch nicht rechtsgültig.«

»Warum warten wir noch, Charley? Warum laufen wir nicht einfach davon? Sag' doch allen, daß du nach Europa gehst. Schließlich hast du so viel Geld. Wir treffen uns dann dort. Wir warten, bis die Scheidung durch ist. Wir würden nie mehr hierher zurückkommen müssen.«

Sie hatte ganz hohle Augen mit tiefen Augenringen. Auch schien sie abgenommen zu haben.

»Was ist denn los mit dir, Laura?«

»Gar nichts, Charley. Ich finde nur, wir riskieren etwas, wo wir gar nichts riskieren müßten. Wir können doch jetzt gleich außer Landes gehen. Irgendwo hin, wo es keine Auslieferung gibt.«

»Das will ich aber nicht. Ich will diese halbe Million. Damit will ich durchkommen.«

Ihre Lippen bebten. »Wenn du es aber nicht schaffst?«

»Ich schaffe es schon. Ich werde hier bleiben. Kann ja sein, daß es hart wird. Aber ich muß gewinnen. Ich habe sogar die Möglichkeit, vielleicht zum Bezirksrichter ernannt zu werden –«

»Charley – das würdest du doch nicht annehmen?«

»Warum denn nicht? Ich werde es annehmen. Ich werde es ausschwitzen.« Ich versuchte zu lachen. »Jedenfalls haben wir jetzt ein paar Minuten Zeit für uns. Komm her, Schätzchen.«

Ich nahm sie in die Arme.

Es kam mir vor, als sei sie fast sofort wieder abgereist, und ich war allein. Ich ging in meinem Büro auf und ab. Ich setzte mich, konnte mich aber nicht konzentrieren und begann wieder auf und ab zu gehen.

Als sie bei mir war, war alles für kurze Zeit gut gewesen. Dann hatte sie eine Nachricht aus ihrem Hotel bekommen: es war so weit, daß sie wegen ihrer Aussage vor einem Richter erscheinen sollte. Die Zeit, die sie mit mir zusammen verbracht hatte, war dahingerast wie eine Achterbahn. Als Laura diese Nachricht bekam, wurde sie so aufgeregt wie noch nie und begann wieder davon zu sprechen, daß wir fortgehen und uns ein Land suchen sollten, aus dem wir nicht ausgeliefert werden konnten. Ich regte mich ebenfalls sehr auf. Ich sagte ihr, daß ich Richter Charles R. Brower werden würde. Nichts würde mich davon abhalten.

Sie weinte lange, ehe sie fuhr. Ich sagte zu ihr, daß ich, wenn ich jetzt ihren Ängsten gegenüber nachgeben würde, meinen eigenen gegenüber schon längst nachgegeben hätte.

Ich schenkte mir noch ein Glas ein. Ich hatte schon fast eine kleine Flasche Bourbon ausgetrunken, aber mir war, als würde ich Wasser trinken. Ich konnte an nichts anderes denken als daran, daß es doch irgendeine Möglichkeit geben müsse, die Sache zu beschleunigen und hinter mich zu bringen. Das Schlimmste daran war, daß ich nicht wußte, was wegen Cora und den gestohlenen Studebaker in Kansas passierte. Ich wollte, es wäre endlich vorbei, damit ich wenigstens eine Stunde schlafen konnte. Ich hätte gerne gewußt, was für Nachforschungen der Gouverneur über mich anstellen ließ, was man dort über mich herausfand. Ich sagte mir, daß ich einen guten Ruf hätte, daß es nichts zu fürchten gäbe. Ich konnte nichts anderes tun als warten.

Das Telefon klingelte. Ich wußte, wer da anrief, und wollte nicht abnehmen. Victoria Haines. Wenn ich jetzt auch nur an sie dachte, fühlte ich mich von Parfümwolken erstickt. Sie besaß einen unstillbaren Hunger, und sie hatte mich inzwischen genau dort, wo sie mich haben wollte.

Wenn ich nicht nett zu ihr war, wenn ich nicht mitspielte, konnte sie etwas Falsches zum Gouverneur sagen, und ich würde diese Stelle niemals bekommen. Plötzlich kam es mir so vor, als hätte ich nur gemordet, um diese Stelle zu bekommen, und müßte sie jetzt unbedingt haben, ganz egal, was ich alles für Victoria Haines tun mußte. Wenn ich erst Richter war, konnte ich sie ja fallen lassen, dagegen würde sie gar nichts machen können.

Ich nahm den Hörer ab. Natürlich war es Victoria. Sie rief heute schon zum sechsten Mal an.

»Charley, du mußt mir endlich eine Antwort geben. Ich hab's dir doch erklärt. Ich habe für das Wochenende eine Suite in Barrington Springs gebucht, werde aber nicht hinfahren und auf dich warten. Entweder wir machen fest aus, daß du hin kommst, oder ich lasse die Reservierung wieder streichen.« Sie senkte die Stimme, sprach kalt. »Ich denke nicht, daß du das willst, Charley.«

»Ich hab' dir doch gesagt, daß ich jetzt gerade nicht weg kann, Victoria. Auch wenn ich es noch so gerne möchte, ich kann einfach nicht.«

»Ich glaube doch. Im Augenblick gibt es nichts Wichtigeres, als daß wir uns sehen. Schließlich, Charley, hast ja du damit angefangen, stimmt's? Du wolltest mich – du bist mir nachgelaufen –«

»Ich will dich ja immer noch, Victoria.«

»Wie auch immer, ich glaube, ich weiß, was du wirklich willst. Und ich glaube, du bist intelligent genug, um zu wissen, daß ich nicht gerade der sanfteste Mensch der Welt bin.«

»Victoria, du weißt doch –«

»Hör auf, dich 'rauszureden, Charley.«

»Jaja. Schon gut.« Es war mir völlig egal, ob man mir meine Hilflosigkeit anhörte. Sie würde darauf ohnehin keine Rücksicht nehmen. »Ich komme hin.«

»Bis Samstag, Charley.«

Ich verließ Samstag Mittag mein Büro. Ich hielt den kleinen Koffer in der Hand, der schon fast zu meinem Anzug gehörte, seit ich mich mit Victoria Haines, der hungrigen Tigerin, eingelassen hatte.

»Herr Anwalt.«

Ich stand auf dem Gehsteig und wartete auf ein Taxi, als Mike Welch in einem neuen Cadillac vor mir hielt. Mich überkam das unerklärliche Gefühl, er habe hier gewartet, bis ich aus dem Gebäude kam. Ich versuchte mir einzureden, daß das ja Unsinn sei, aber ich konnte diesen gestohlenen Studebaker nicht vergessen.

»Wo wollen Sie denn hin, Herr Anwalt?«

»Muß zum Zug«, sagte ich.

»Steigen Sie ein. Ich bringe Sie zum Bahnhof. Freue mich, wenn ich Ihnen einen Gefallen tun kann.«

Ich stieg ein. Ich schaute starr geradeaus. Er fuhr wie ein Wahnsinniger. »Ich dachte, wir wären einander keine Gefallen mehr schuldig, Mike.«

»Kleine Gefallen. Der Mensch tut gerne einen kleinen Gefallen, der nichts kostet. Stimmt's, Herr Anwalt?«

»Wenn Sie meinen, Mike.«

Er fuhr über eine Ampel, obwohl sie schon rot zeigte. Er trat aufs Gas, nahm dann aber plötzlich wieder den Fuß vom Pedal.

»Sagen Sie, Her Anwalt, haben Sie jetzt eigentlich mit diesem Knaben mit den geklauten Autos Kontakt aufgenommen?«

»Mit welchem?«

»Na, mit welchem wohl, Herr Anwalt. Mit dem, wegen dem Sie mich eine halbe Stunde lang gelöchert haben, um den Namen und die Telefonnummer herauszukriegen. Mit eben demjenigen.«

»Nein«, sagte ich. »Ich habe mir's anders überlegt. Warum?«

Er kaute auf seiner Zigarre herum. »Nur so. Trotzdem bin ich froh darüber. Das FBI hat ein Auto aufgestöbert und zu einer Stadt in Michigan zurückverfolgt. Wie finden Sie das, Anwalt? Ganz schön clever, diese Jungs. Was?«

Ich ballte die Fäuste. »Was für ein Auto?«

Er warf einen kurzen Blick zu mir herüber, dann schaute er wieder auf die Straße, gerade noch rechtzeitig, um einem riesigen Laster auszuweichen.

»Was weiß ich. Aber wen juckt das schon? Uns geht es nichts an. War eine Leiche in dem Auto. So etwas Verrücktes, da sind die tatsächlich auf diesen Freund von mir verfallen. Und haben ihn ganz schön in die Mangel genommen. Richtig fertiggemacht.«

Ich saß da und wartete. Es mußte noch etwas kommen. Aber ich konnte ja nicht fragen. Mike machte ein sehr ernstes Gesicht und wartete, daß ich irgendein Interesse zeigte.

»Bin jedenfalls froh, daß Sie diesen Namen und die Nummer nicht benutzt haben. Denn was mich betrifft, ich hätte es gar nicht gerne, wenn der Knabe jetzt sauer auf mich wäre, weil er mit den Leuten vom FBI zu tun gekriegt hat.«

Er hielt vor dem Bahnhof am Rinnstein.

»Da wären wir, Herr Anwalt. Machen Sie's gut.«

Ich stieg aus. Mike Welch schaute mich einen Augenblick an, dann gab er Gas. Das war's. Er wußte eine Menge Dinge, die ich auch hätte wissen sollen, aber er würde sie mir nicht verraten. Das mußte aufhören, denn jetzt war es nur noch ein Wettrennen, ob ich selber oder mein perfekter Mord als erstes wackeln würde.

Es schüttelte mich, als würde ich entsetzlich frieren, als ich in Barrington Springs aus dem Zug stieg. Ich starrte auf den Kleinbus, den das Hotel Barrington Springs zum Bahnhof geschickt hatte, und auf die anderen Autos, die daneben parkten. Wie verrückt das doch war, dachte ich. Da hatte ich doch immer gewollt, daß die Leute mich sahen, wenn ich mit Victoria Haines zusammen war; und jetzt wurde mir allein schon bei dem Gedanken übel, daß uns jemand zusammen entdecken könnte.

»Charley. Charley, mein Süßer. Hierher.«

Victoria saß in einem Mietwagen. Ich zwang mich zu einem Grinsen und ging hinüber. Andere Wochenendgäste drängten sich zu dem Kleinbus und den weiteren Autos. Victoria gab mir einen feuchten Kuß und umklammerte mich. Auch nachdem sie mich wieder losgelassen hatte, blieb mir der starke Geruch ihres Make-up in der Nase.

Wir fuhren zum Hotel. Sie sagte, ich brauche mich nicht anzumelden, das habe sie schon für mich getan. Als ein Gepäckträger meine Tasche nehmen wollte, gab sie ihm einen halben Dollar Trinkgeld und sagte, daß ich ja ein großer starker Junge sei. Ich könne meine Tasche selber tragen.

Ich versuchte sie in der Hotel-Lobby festzuhalten und etwas zu trinken, aber auch darauf ging sie nicht ein. Sie habe alles oben auf unseren Zimmern. Dieses Mädchen hatte wirklich an alles gedacht.

Als wir oben waren und ihr erstickender Duft mir bereits den Atem nahm, schmiegte sie sich von hinten an mich, schlang die Arme um mich und quetschte mich an sich. Ich empfand einen so starken plötzlichen Widerwillen, daß mir fast körperlich übel wurde.

»Ist das nicht vollkommen?« sagte sie.

»Klar.« Ich hätte nur zu gerne gewußt, was diese Leute vom FBI da draußen in Kansas gerade trieben.

Sie drückte sich noch fester an mich, ihr Körper gab nach. »Allein in einem Hotelzimmer mit einem Mann, der schmutzige Sachen mit mir anstellt, Charley. Ich habe es kaum erwarten können, bis du kommst.«

Was war bloß heutzutage mit den Hotelburschen los, dachte ich.

Sie drängte sich an mich. Ich konnte kaum atmen, obwohl die Fenster offen standen und eine Brise herein wehte.

»Ich dachte, du bist sauer auf mich.«

»Jetzt nicht mehr. Nicht, wenn du hier bei mir bist, Charley.«

Sie machte sich an ihren Kleidern zu schaffen. Ich lehnte mich zurück und schloß die Augen, damit ich nicht mit ansehen mußte, wie sie sich aus ihrem Büstenhalter und ihrem Mieder schälte. Vielleicht, wenn ich sie gar nicht ansah …

»Du siehst wirklich nicht aus, als wärest du wahnsinnig scharf auf mich«, sagte sie.

Eine der schlimmsten Foltern, die über einen Mann verhängt sein kann, ist die, Leidenschaft für eine Frau heucheln zu müssen, die er verabscheut.

»Ich bin da«, sagte ich. »Ist das nicht genug?«

»Es ist zumindest etwas«, sagte sie. »Aber nicht genug.«

Wir verließen das ganze Wochenende über unsere Zimmer nicht. Sie ließ das Essen heraufbringen; überließ mir nicht einmal diese kleine Aufgabe. Die ganze Zeit über lächelte sie und streichelte mich und sagte mir immer wieder, sie wolle alles für mich tun, und sie wolle nicht, daß ich auch nur die geringste Bewegung mache – außer, um sie zu lieben. Und so ungefähr war es dann auch.

Mein Mund fühlte sich ganz rauh an, wenn sie ihn mit ihren vollen Lippen bedeckte. Sie ließ ihre Hände über mich gleiten, bis sich das anfühlte wie Ameisen, die über mich her krabbelten. Der erstickende Duft ließ keinen Augenblick nach. Ich empfand eine Klaustrophobie wie noch kein Mann je zuvor. Und die ganze Zeit, vermischt mit ihrem Parfum und ihren Händen und ihrem Mund, war da noch diese entsetzliche Angst, was die Polizei wohl jetzt unternahm.

Sie ließ mich nicht schlafen. Ich nehme an, daß ich ohnehin nicht hätte schlafen können, aber wenn ich wenigstens so lange von ihr weggekonnt hätte, um mich ans Fenster zu stellen und ein wenig frische Luft zu schöpfen. Aber dazu kam es nicht. Sie sprach darüber, wie wunderbar ich als Richter aussehen würde, was wir alles machen würden, wenn erst einmal meine Scheidung rechtsgültig war und wir uns nicht mehr zu verstecken brauchten wie jetzt noch.

Ich mußte da 'raus.

Ich glaubte schon gar nicht mehr daran, aber endlich kam doch der Montag. Ich redete es Victoria aus, daß sie mich im Zug zurück nach Summit begleitete. Ich sagte zu ihr, solange sie nicht definitiv wisse, daß ich dieses Richteramt bekommen würde, müßten wir uns ganz respektabel geben.

Ich brach vor Sonnenaufgang auf und nahm den ersten Zug zurück in die Stadt. Ich konnte gar nicht tief genug atmen; ich konnte gar nicht genug Wasser in mich hineinschütten.

Ich hatte immer noch Durst, als ich zu meiner Kanzlei kam. Ich dachte an nichts anderes, als an das Wasser im Wasserbehälter.

Vor der Türe wartete Frank Vanness auf mich …

»Waren Sie verreist, Anwalt?« Er hatte meinen Koffer entdeckt, als er mich von oben bis unten musterte, während ich die Türe aufsperrte und ihn einzutreten bat.

Mir drehte sich der Kopf. Ich war zu erschöpft, zu durstig, um klar denken zu können. Bestimmt war irgend etwas in Coras Mordfall aufgeflogen. Etwas, das ich übersehen hatte, etwas, das ich vergessen hatte. Rasch ging ich im Geist alles durch, fand aber nichts, wo ich einen Fehler gemacht haben könnte. Ich sah Vanness nicht an. Ich wagte es nicht, ihn die Angst sehen zu lassen, die sich bestimmt in meinen Augen abzeichnete.

Ich ging sofort zum Wasserbehälter.

Ich ließ mir ein Glas Wasser einlaufen und spürte die Kälte an den Fingern.

»Sie haben wohl stark getrunken, Anwalt?«

»Warum?« sagte ich über die Schulter.

»Wenn man viel getrunken hat, braucht man am nächsten Morgen eine Menge kaltes Wasser.«

»Nein«, sagte ich. »Nur weil ich weg war. Nichts schmeckt so gut wie das Wasser zu Hause, wenn man weg war, Frank. Ist Ihnen das schon einmal aufgefallen?«

Er sah zu, wie ich trank. »Wo waren Sie denn?«

Ich hatte keine Ahnung, worauf er hinaus wollte, wie viel er wußte oder warum er auf mich gewartet hatte.

»Nur eine kleine Geschäftsreise«, sagte ich.

»Würde es Ihnen etwas ausmachen, mir zu sagen, wohin?«

Ich wollte ja trotz allem dieses Richteramt. Ich würde es nicht gefährden, solange ich nicht wußte, was er im Schilde führte.

»Chicago«, sagte ich. »Bin geflogen.«

Er zog die Brauen zusammen. Aber gleich darauf zuckte er die Schultern. Er lehnte sich an einen Schreibtisch und sah mich an. Er sagte leise: »Dann haben Sie es also noch gar nicht gehört.«

»Nein. Was gehört?«

»Ihre Frau.«

Jemand hatte mir offenbar den Boden unter den Füßen weggezogen. Ich wollte mich setzen, bevor ich stürzte.

Ich flüsterte ihm zu: »Cora?«

»Sie sehen schlecht aus, Anwalt. Setzen Sie sich doch.« Seine Stimme war noch immer leise. Sie paßte nicht gut zu seiner bärbeißigen Kälte.

Ich setzte mich auf die Couch im Vorzimmer. Also dann, Vanness, dachte ich, bringen wir es hinter uns. »Was ist mit Cora?«

»Sie ist ermordet worden, Mr. Brower. Ich übernehme sehr ungern die Aufgabe, es Ihnen zu sagen. Wir haben es gerade erst erfahren. Es war brutal.«

Brutal? Ich riß den Kopf empor. »Cora?«

»Ja, Sir. Wir haben es eben von der Polizei in Florida erfahren. Jemand hat sie totgeschlagen.«

Ich sah ihn kurz an, und er begann langsam zu verschwimmen, in einem grauen Bogen vor meinem Kopf. Ich machte den Mund auf und versuchte zu sprechen. Aber es kamen keine Worte, und ich fiel vornüber auf den Boden, in eine tiefe Ohnmacht.

## 15

Ich tauchte nur langsam wieder daraus empor, denn der Widerwille weiterzuleben war in mir das vorherrschende Gefühl. Vanness hielt mir Riechsalz unter die Nase, bis ich mich aufsetzte und den Kopf wegzog.

»Nehmen Sie's nicht so schwer, Mr. Brower.«

Nicht so schwer. Laura war tot. Laura. Jemand hatte Laura ermordet. Hatte sie totgeschlagen.

Ich bedeckte den Kopf mit den Händen. Ich verstand das alles nicht. Es waberte mir durch den Kopf und war überhaupt nicht zu begreifen. Natürlich, Vanness sagte Cora. Die Polizei aus Florida hatte auch telegrafiert, daß es Cora war. Wie auch nicht? War Laura dort unten nicht als Mrs. Charles Brower eingetragen? Vanness zeigte mir die Zeitung aus Summit, und darin war Coras Foto zusammen mit dem Bericht zu sehen, der aus Florida gekabelt worden war. Heute morgen im Hotelzimmer, Mrs. Cora Brower, brutal erschlagen, Polizei fahndet nach unbekanntem Mörder.

Ich krümmte mich, während ich den Bericht las, die verlogenen

Einzelheiten in Bezug auf Summit, Coras Geburt, Heirat, ihre Clubs, all das Nachruf-Gerede, das die Zeitung eben gedruckt hatte, als sie mich nicht erreichen konnte.

Ich schluckte die Übelkeit hinunter, die mir in die Kehle stieg. Ich dachte an Gulick Williams' Richterstuhl, und ich wußte, der war für mich verloren. Aber das schien mir nicht so wichtig zu sein. Die Polizei kannte ja bisher nur den ersten Teil dieser Geschichte, und auch daran stimmte schon nichts. Aber wenn sie jetzt anfingen, nachzuforschen. Wenn sie jetzt herausfanden, daß es überhaupt nicht Cora war, daß es Laura Meadill in der Rolle von Cora war, die sich von mir unter Coras Namen scheiden ließ.

Mich schauderte, ich wollte nicht weiter darüber nachdenken.

»Mr. Brower?«

Ich bebte. Ich sah hoch. Es überraschte mich, Mitleid in den blauen Augen von Frank Vanness zu sehen. Ich schaute schnell wieder weg.

»Darf ich Sie nach Hause fahren, Mr. Brower? Hier können wir ja doch nichts mehr machen.«

»Sicher. Kommen Sie. Gehen wir.« Mein Blick fiel auf die verwelkte Rose auf Lauras Schreibtisch. Es überlief mich kalt. Laura war tot. Unten in Florida lag ihre Leiche. Mir fiel plötzlich wieder ein, daß sie nervös und verunsichert gewirkt hatte, als sie hier in Summit gewesen war. Sie hatte sich gewünscht, daß ich sie wegbrachte, weg aus diesem Land, und sie hatte immer wieder davon angefangen, daß wir gehen müßten, bevor es zu spät war.

Jetzt war es wirklich zu spät.

Wir fuhren in Vanness' Polizeiwagen durch die Stadt. Der war innen ganz verschrammt, die Sitze zerrissen, die Innenseite der Tür mit Blut oder etwas Ähnlichem bespritzt. Ich versuchte, mir während der Fahrt die Stadt anzusehen, die Häuser und die Bäume und die Menschen, aber alles war unwirklich.

»Die Polizei von Florida möchte, daß Sie kommen.«

»Nein!« brach es aus mir heraus.

Er sah mich vorwurfsvoll an. »Die brauchen Sie aber, Mr. Brower. Es geht um Mord. Erstens erwartet man, daß Sie die Leiche identifizieren.«

Ich sagte nichts.

»Zweitens wird wohl auch erwartet, daß Sie denen etwas weiterhelfen, und zwar in Bezug darauf, wer Ihre Frau so gehaßt haben kann, daß er sie auf diese Weise ermordete.«

»Ich weiß es nicht.«

»Sie müssen darüber nachdenken, Mr. Brower. Das ist ein ziemlich übles Verbrechen. Ich weiß, daß Sie und Ihre Frau nicht so gut miteinander zurechtkamen, und daß sie da unten war, um sich scheiden zu lassen. Aber das hier ist sehr viel schlimmer als Scheidung. Das ist ein Mord, und die Polizei wird Ihre Hilfe brauchen, um den Mörder zu finden.«

»Ich weiß nicht, was ich ihnen sagen könnte.«

»Wir können es ja noch besprechen.«

»Wir?«

»Ja. Die Polizei will, daß ich mit Ihnen runterfliege. Ich hab' denen – also, ich hab' gesagt, daß Sie ein Freund von mir sind und daß ich Sie gerne begleiten würde. Ich möchte Ihnen helfen, Mr. Brower. Ich weiß, daß wir uns über viele Dinge gekabbelt haben, aber wenn jemand in solchen Schwierigkeiten ist –«

Ich schluckte meine Übelkeit hinunter und dachte: wenn du wüßtest.

»Da gibt es allerdings noch etwas«, sagte er. Seine Stimme

klang bedauernd, als wäre es ihm unangenehm, gerade jetzt darauf kommen zu müssen.

»Ja?«

»Diese Reise, die Sie gemacht haben.«

Ich schluckte von neuem die Übelkeit hinunter. Diesmal war es noch schwieriger.

»Ja.«

»Chicago.«

Ich gab keine Antwort. Er warf mir einen Blick zu. »Sie sagen, daß Sie geflogen sind? Ich hoffe, es war jemand dabei, den Sie kennen und der Sie vielleicht gesehen hat.«

»Wovon reden Sie denn da?« Ich wußte, wovon er redete, ganz genau sogar.

»Ich spreche es so ungern aus, Mr. Brower. Aber es muß ja sein. Die Polizei von Florida wird es auf jeden Fall sagen. Da können Sie genau so gut darauf vorbereitet sein. Also auf diesem Flug nach Chicago. Haben Sie da vielleicht einen Bekannten getroffen? Man kann über Sonntag von hier nach Florida und zurück fliegen, Mr. Brower. Die Polizei von Florida wird auf jeden Fall an so etwas denken. Wenn es also jemanden gibt, der bestätigen kann, daß Sie wirklich in Chicago waren, sollten Sie besser sofort mit ihm Kontakt aufnehmen.«

Wir fuhren, wie mir schien, sehr lange durch die Straßen, ohne ein Wort zu reden. In meinem Kopf jagten sich die Gedanken. Ich dachte immer wieder, daß ich jetzt eigentlich aufgeben könnte. Es war ohnehin nur noch eine Frage der Zeit. Die Falle war zugeschnappt – und durchaus nicht von Kansas her, sondern von Florida. Jetzt war es nichts mehr mit der Ernennung zum Richter, nichts mit Coras Geld. Ich sah nichts, was überhaupt noch übrig bleiben würde. Mir kam es so vor, als würde mir irgend etwas auf dem ganzen Körper herum krabbeln. Ich konnte an nichts anderes mehr denken, als daran, wie ich vielleicht doch noch irgendwie meine Haut retten konnte.

So tief war ich gesunken.

»Also, Mr. Brower, wie sieht es damit aus? Fällt Ihnen jemand ein?«

»Ich kenne jemanden ...«

»Gut.«

»Diese Person – kann beschwören, daß ich über das Wochenende nicht in Florida war.«

»Das ist schön.«

»Aber – also, ich habe Sie angelogen, Frank.«

Ich spürte, wie es im Auto kälter wurde.

»So? In welcher Hinsicht?«

»Wegen Chicago. Ich bin eigentlich gar nicht in Chicago gewesen. Ich bin auch nicht geflogen.«

»Nein? Wo waren Sie dann?«

»Ich war in Barrington Springs.«

»Das ganze Wochenende?«

»Genau. Von Samstag bis heute ganz früh am Morgen.«

»Haben Sie jemanden, der das beschwören kann?«

»Ja ... Victoria Haines.«

Das wirkte schlagartig. Jegliches Mitgefühl, das ich in seinen Augen gesehen hatte, war verschwunden. Sein Mund preßte sich zu einem schmalen Strich zusammen; er war wieder ganz Polizist, und ich auf der anderen Seite einer hohen Mauer.

Vanness lenkte den verschrammten Wagen in die Einfahrt. Da standen drei Polizeifahrzeuge und warteten auf uns.

Zunächst dachte ich, sie wären hier aufgestellt, um mir die Nachricht von dem Mord an Cora in Florida zu überbringen, falls ich zuerst nach Hause ginge und nicht ins Büro. Dann schüttelte ich bitter den Kopf. Das war bestimmt nicht der Grund, warum sie hier waren. Das war zu einfach.

Zwei Polizisten in Uniform, die von der Veranda gesprungen waren, kamen auf uns zu, bevor wir aussteigen konnten.

So ist das immer mit Schwierigkeiten. Sie können einen nie schnell genug, nie hart genug treffen.

»Sergeant«, sagte einer der Polizisten zu Vanness. »Wir warten schon auf Sie, haben nämlich aus Florida so ein paar Fotos per Luftpost bekommen. Irgend etwas stimmt da nicht.«

Der Polizist hielt ein paar glänzende Fotos in den Händen. Ich starrte darauf, als ob ich meinen Blick nie mehr davon abwenden könnte. Aber ich brauchte sie gar nicht zu sehen, um zu wissen, was darauf war. So wie sie die Sonne widerspiegelten, schienen sie fast noch feucht von der Entwicklerlösung zu sein, so frisch waren sie, für mich aber waren sie schon alt.

Vanness schwang sich aus dem Auto und griff nach den Fotos.

Der Mann reichte sie ihm, und dann umringten ihn alle und schauten auf die Fotos, als hätten sie sie nicht schon längst gesehen. An mich dachten sie gar nicht, aber das machte auch keinen Unterschied. Meine Beine waren müde. Ich rührte mich nicht. Es war ganz angenehm, einfach da im Auto sitzen zu bleiben.

Schließlich drehte sich Vanness um und sah mich an. Er hatte das Kinn nicht ganz so weit vorgeschoben, und seine sonst zusammengekniffenen Augen waren weit offen.

»Brower –«

Ich sah ihn nur an.

»Da stimmt wirklich etwas nicht. Diese Frau ist nicht Mrs. Brower. Sie ist tot, aber es ist auf keinen Fall Mrs. Brower.«

Ich sagte immer noch nichts. Ich war zu müde, um etwas zu erfinden. Ich mußte es auch gar nicht mehr versuchen. Sie schlugen mich in allem.

»Ich kenne diese Frau«, sagte Vanness. Seine Stimme klang seltsam. »Das ist nicht Mrs. Brower. Das ist ganz bestimmt nicht Mrs. Brower, und doch ist das eine Frau, die ich kenne –«

Er starrte noch eine Weile auf die Fotos, die er in den Händen umschichtete.

Er drehte sich herum und wies mit dem Kinn auf mich. »Los, Brower. Schauen Sie sich das mal an.«

Ich stemmte mich aus dem Auto und bewegte mich hölzern um den Kühler herum. Einer der Polizisten machte mir neben Vanness Platz. Ich blickte mich um, auf der Suche nach etwas, woran ich mich lehnen konnte. Es war nichts da.

»Schauen Sie sich diese Fotos an. Kennen Sie diese Frau?«

Es handelte sich um die brutalen, nichts verschweigenden Fotos, wie Polizeifotografen sie am Tatort machen. Sie waren nicht im geringsten geschönt. Vanness hielt mir jedes einzelne während einer für mich unendlich langen Zeit vor die Augen. In einer einzigen Sekunde sah ich mehr, als ich sehen wollte, mehr, als ich ertragen konnte. Laura, dachte ich. Mein Gott, arme Laura.

Ich hatte Angst, ich würde mich gleich übergeben müssen. Vanness stieß mich mit der Schulter an. »Na, Brower? Was haben Sie dazu zu sagen? Wer ist diese Frau?«

Ich wollte sprechen. Es hatte keinen Sinn, ihm jetzt eine solche Information zu verweigern. Vielleicht wußte die Polizei in St. Petersburg ja bereits Bescheid. Laura hatte sich nur im Hotel als Mrs.

Charles Brower eingetragen. Weiter hatte sie die Maskerade nicht getrieben. Das schien nicht notwendig. Es mußten also persönliche Dinge oder Ausweise da sein, auf denen ihr richtiger Name stand. Aber es fiel mir schrecklich schwer, zu sprechen. Es bedeutete einen weiteren Schritt auf den elektrischen Stuhl zu.

Ich leckte mir über die Lippen. In meinem Hals war eine Barriere, und die mußten die Wörter erst wegräumen.

»Na los, Brower. Reden Sie. Sie kennen diese Frau doch – sie wohnt hier in Summit. Sie arbeitet irgendwo in der Nähe. Also, ich habe sie erst kürzlich gesehen. Ach ja. Klar. Großer Gott, Brower, das ist ja Ihre Sekretärin.«

Ich nickte. Das war nicht einfach.

»Laura. Laura Dings«, sagte Vanness mit gerunzelter Stirn. Von mir erwartete er inzwischen wohl nichts mehr.

»Dann ist das also gar nicht Mr. Browers Frau?« sagte einer der Polizisten. »Das haben sie uns auf dem Polizeirevier nämlich auch gesagt. Aber es heißt, daß sie tatsächlich in dem Hotel als Mrs. Charles Brower aus Summit eingetragen war.«

Vanness warf mir einen Blick zu. Er sagte zu einem der Polizisten: »Bringen Sie den da ins Haus. Lassen Sie ihn sich setzen, bevor wir ihn hineintragen müssen.«

Der Polizist berührte mich am Arm, und ich bewegte mich wie ein Automat. Er wartete, während ich die Türe aufsperrte. Wir traten in die Diele. Die Leere des Hauses überwältigte mich.

»Setzen Sie sich da drinnen hin«, sagte der Polizist zu mir. Er war ein junger Kerl, noch keine dreißig, und hatte eine hektische Röte im Gesicht und nervöse Hände. An Vanness' Ton hatte er erkannt, daß mir gegenüber keinerlei Rücksicht notwendig war. Vorhin war ich noch der Ehemann gewesen, den ein schwerer Verlust getroffen hatte. Jetzt konnte ich der Mörder sein. Ich stolperte in das Vorderzimmer und sank in meinen Lesesessel.

Das Zimmer drehte sich ganz seltsam um mich. Ich hörte die Vordertüre zufallen, blickte aber nicht einmal auf, als Vanness das Zimmer durchquerte, die Leselampe neben meinem Sessel anschaltete und den Schirm so drehte, daß mir das Licht seitlich ins Gesicht fiel.

»Hochschauen«, befahl Vanness.

Ich hob den Kopf. Das Licht tat mir in den Augen weh. Ich versuchte sie zu senken.

»Haben Sie mich verstanden, Mann?« Vanness' Stimme klang scharf. »Ich habe eine Frage, die ich Ihnen stellen will. Eine wichtige.«

Ich starrte ihn an. Ich war fertig, zu fertig, um an die Rechte zu denken, um die ich für meine Klienten immer gegenüber der Polizei gekämpft hatte. Jetzt war ich kein Klient. Ich hing in den Seilen und schwankte. Ich dachte überhaupt nicht mehr. Ich war auf ein Nichts reduziert.

»Also diese Sekretärin von Ihnen. Diese Laura –«

»Meadill.«

»Genau. Laura Meadill. Wir haben jetzt Nachricht von der Polizei in Florida, daß diese Meadill da unten fast drei Monate lang als Ihre Frau aufgetreten ist. Zeitweilig war sie auch hier oben. Das weiß ich. Ich habe sie in Ihrer Kanzlei gesehen. Sie ist tot. Sie ist ermordet worden. Aber das beunruhigt mich jetzt nicht. Ich will etwas anderes wissen, Brower. Ich will eine klare Antwort.«

»Ja?«

»Wo ist Ihre Frau, Brower? Wo ist Cora Brower?«

## 16

Vanness beugte sich über mich. »Wär' besser, wenn es Ihnen einfällt. Der Sheriff da unten in Florida möchte Sie haben, Brower. Dort will man nämlich ein paar Erklärungen von Ihnen hören. Und wir fahren auch hin, aber erst bringen wir hier noch ein bißchen Klarheit in die Geschichte. Sie versuchen jemanden zum Narren zu halten, Brower. Aber ganz bestimmt nicht mich.«

»Weiß nicht – wovon Sie reden.«

»Sie brauchen auch gar nicht zu wissen, wovon ich rede. Sie bleiben hier sitzen, und ich sage Ihnen, wovon ich rede. Ich möchte, daß Sie es hören. Es hatte nicht viel zu bedeuten, ohne diesen Mord, und ohne diese Fotos. Es war nicht gerade sehr nett, lief aber auf nichts weiter hinaus. Einfach nur so ein Typ, der geil ist und mit einer Freundin seiner Frau 'rummacht.«

Er verstummte; seine Stimme hatte in dem stillen Haus laut und kalt geklungen. Die beiden Polizisten in Uniform standen stramm und sahen ihn an.

»Aber jetzt wollen wir doch mal sehen, was wir alles haben. Als erstes einen Anruf von irgend so einem Spinner – hatte einen Brief von einem Unbekannten erhalten. Er sagte, irgend etwas sei nicht in Ordnung, und wir sollten mal Nachforschungen anstellen.

Das tat ich also. Sie schienen überzeugt zu sein, daß Ihre Frau in Florida ist. Sprachen auch von dem Brief, den Mrs. Myers bekommen hatte. Wollen Sie zu dem Brief etwas hören? Der war überhaupt nicht von Ihrer Frau. Nein, Sir. Ich habe dazu das Zeugnis eines Graphologen. Natürlich stimmte ich Ihnen zu. Arme Mrs. Brower. Ganz außer Fassung. Achtete gar nicht darauf, wie sie schrieb.

Und dann Mrs. Myers. Die glaubte auch nicht, daß dieser Brief von Ihrer Frau war. Sieht so aus, als habe Ihre Frau noch eine ganze Menge Dinge erledigen wollen, bevor sie wegfuhr, und dann ist sie doch gefahren, ohne etwas davon zu tun, und ohne etwas von dem mitzunehmen, was sie eigentlich mitnehmen wollte.

Also war Ihre Frau vielleicht überhaupt nicht in Florida. Und wenn nicht, was haben wir dann? Sieht so aus, als hätten Sie und diese Meadill einen Mord verübt – an Ihrer Frau.«

Ich setzte mich auf. »Sie sind doch wahnsinnig. Laura ist tot, nicht Cora.«

»Na schön. Also Cora ist vielleicht gar nicht tot. Wo ist sie dann, Brower?«

»Ich weiß nicht.«

»Wo ist Ihre Frau?«

»Ich sage Ihnen doch. Ich weiß es nicht.«

»Und ich sage Ihnen. Sie sollten lieber draufkommen. Wir haben unten in Florida eine Tote. Aber wir haben auch die Tatsache, daß Sie gerade zurückkommen sind von einem Wochenendausflug. Außerdem haben Sie mich angelogen – vielleicht zweimal.«

»Ich habe Ihnen doch gesagt, wie Sie diesen Wochenendausflug überprüfen können.«

»Und bilden Sie sich bloß nicht ein, daß ich ihn nicht überprüfen werde. Aber was bringt uns das? Noch einmal etwas Neues. Noch ein Motiv für einen Mord?«

»Warum hätte ich Laura Meadill töten sollen?«

»Das weiß ich noch nicht. Aber ich finde es schon noch heraus. So, und jetzt geht es Ihnen wohl wieder besser. Der kluge Anwalt.«

»Ich bin klug genug, um Ihnen zu sagen, daß Sie mich entweder einsperren oder in Ruhe lassen sollen.«

»Technisch gesehen, Mister, sind Sie unter Arrest. Aber bleiben wir doch beim Thema. Ich habe nicht gesagt, daß Sie die Meadill ermorden wollten. Dazu kommen wir später. Ich rede darüber, warum Sie Ihre Frau umbringen wollten.«

»Wer sagt denn, daß meine Frau tot ist?« Die Worte quälten sich aus mir heraus.

»Sie haben mir nicht gesagt, wo sie ist.«

»Ich sagte Ihnen doch, daß ich es nicht weiß.«

»Also ist sie vielleicht tot.«

»Worauf wollen Sie hinaus?«

»Auf Sie, Mann. Auf einen Typen, der mit der Freundin seiner Frau herumzieht. Und seine Frau? Der hat er das Herz gebrochen. So sehr, daß es Freunden glaubhaft erscheinen wird, wenn sie in Florida bleibt und sich scheiden lassen will.«

»Das hat sie gesagt.«

»Ach, hören Sie doch auf, Anwalt. So dumm sind Sie doch gar nicht. Dort unten in Florida ist nur eine einzige Mrs. Charles Brower. Und von der haben wir ein Foto. Tot. Laura Meadill, die sich als Ihre Frau ausgab. Tot, da unten in Florida. Aber das sagt uns noch nicht, wo Ihre Frau ist.«

»Na schön, vielleicht ist sie gar nicht in Florida.«

»Eben. Vielleicht ist sie gar nicht da. Aber wenn sie nicht in Florida ist, wo ist sie dann?«

»Ich weiß es nicht.«

»Wenn sie den Brief gar nicht geschrieben hat, in dem steht, daß sie in Florida ist –«

»Wer sagt denn, daß sie den nicht geschrieben hat?«

»Ich sage das. Experten sagen das, daß sie den Brief nicht geschrieben hat. Was machen wir denn da? Wir zeigen denen den

Brief noch einmal – nur diesmal lassen wir ihn mit der Handschrift Ihrer Sekretärin vergleichen. Was sagen Sie dazu, Brower? Was glauben Sie, was wir dann für eine Antwort bekommen?«

»Ich weiß es nicht. Schließlich ist das Ihre Wahnvorstellung.«

»Sie hatten eine andere Wahnvorstellung, nicht wahr, als Sie mit dieser Victoria Haines Fangen gespielt haben. Warum auch nicht? Was war an Ihrer Frau schon dran außer einem Haufen Geld? Wieviel eigentlich, Brower? Und wenn sie starb, wer würde es dann bekommen?«

»Wer sagt denn, daß sie starb?«

»Bis jetzt hat mir noch niemand etwas über sie erzählt. Darauf warte ich nämlich. In der Zwischenzeit sage ich Ihnen, wie es für mich aussieht. Sie haben diese Laura Meadill dazu gekriegt, nach Florida zu fahren, sich als Ihre Frau auszugeben und so eine Scheidung einzureichen, die dann ganz locker abläuft, wie das in Florida eben möglich ist. Ließen sie einen falschen Brief schreiben, in dem sie sagte, daß sie nach Abschluß der Scheidung nicht mehr nach Hause zu kommen beabsichtige, diese Cora nämlich. Nein, sie wolle nach Südamerika gehen. Alle ihre Freundinnen sagen, daß sie sogar Angst hatte, allein Zug zu fahren – daß sie nicht einmal allein Aufzug fuhr. Aber plötzlich geht sie nach Südamerika.«

»Sie kann gehen, wohin sie will.«

»Sicher. Aber warum nach Südamerika? Eine Frau wie sie? Ich glaube es nicht. Südamerika ist so wunderbar weit weg, nicht wahr?«

Ich gab keine Antwort. Mir tränten von dem grellen Licht die Augen.

»Was passiert, wenn sie nach Südamerika geht? Ihre Frau, meine ich. Diese Laura Meadill hatte bestimmt nicht die Absicht, nach Südamerika zu gehen. Aber was passiert dann. In ein, zwei Jahren bekommen Sie einen Brief von Ihrer Frau – von Ihrer Ex-Frau Cora – und sie schreibt Ihnen, daß sie jetzt so einen lateinamerikanischen Señor heiraten wird.«

Ich konnte nichts sagen. Vanness hatte es so klar erkannt, als würde er in meinem Konzept lesen, das ich all die Wochen so sorgfältig vorbereitet hatte, wobei ich mich für clever, originell und unschlagbar hielt. Der Schweiß rann mir die Rippen hinunter ...

»Stimmt das so, Brower? War das so geplant?«

»Ich weiß nicht, wovon Sie sprechen. Meine Sekretärin ist in Florida ermordet worden. Jetzt werfen Sie mir vor, daß ich nicht nur sie, sondern auch meine Frau ermordet haben soll. Ich sage Ihnen doch, ich kann beweisen, wo ich dieses Wochenende war.«

»Dazu werden Sie Gelegenheit bekommen.«

»Dann sperren Sie mich doch ein, oder lassen Sie es sein.«

»Da gibt es aber immer noch diesen einen kleinen Punkt. Ihre Frau. Wollte sich wohl nicht von Ihnen scheiden lassen? Ist es das, Brower? Hat Sie geliebt, Sie, der Sie so ein Schweinehund waren? Hat Sie so sehr geliebt, daß Sie sie töten mußten, um sie loszuwerden?«

Ich schwitzte. »Die Frau, die tot ist«, flüsterte ich, wobei meine Stimme rauh und erstickt klang, »heißt Meadill. Meadill. Meadill.«

»Stimmt. Aber was ich wissen will, ist: wo ist Cora Brower?«

Die Türglocke schrillte, und Vanness richtete sich auf und seufzte.

»Bigley.« Er sprach über die Schulter. »Schauen Sie mal nach, wer da an der Türe ist. Sagen Sie ihm, wir können jetzt niemanden gebrauchen.« Er lachte scharf. »Es sei denn, er weiß, wo Cora Brower ist.«

Bigley verließ das Zimmer und kam mit zwei weiteren Polizisten zurück.

Ich starrte sie besinnungslos an. Ich war jetzt zu erschlagen, um mir darüber Gedanken zu machen, was für Neuigkeiten sie brachten.

»Vanness.« Sie riefen Frank zu sich, und ich ließ mich in den Sessel zurücksinken und stieß das Licht weg.

Ich sah, wie sie miteinander sprachen und eine Anzahl neuer Fotografien betrachteten.

Endlich drehte sich Vanness auf dem Absatz um und kam wieder zu mir herüber. Sein Gesicht war kalt, sein Kiefer zusammengepreßt.

»Die da drunten in Florida wissen mehr als wir über diese Meadill. Aber dafür nicht so viel über Sie. Die glauben, Sie sind der geschlagene Ehemann. Sie wissen nichts von Victoria Haines und dem Geld Ihrer Frau –«

»Sie auch nicht.«

»Ich weiß eine ganze Menge. Sie suchen dort nämlich einen anderen Mann.« Er beobachtete, wie ich darauf reagierte.

Es verschlug mir den Atem. Eigentlich hätte mich das gar nicht so furchtbar treffen sollen. Ich mußte doch begriffen haben, daß jemand Laura in ihrem Hotelzimmer totgeschlagen hatte. Und zwar mit größter Wahrscheinlichkeit ein Mann. Aber irgendwie hatte ich in meiner Verwirrung einen anderen Mann gar nicht für möglich gehalten. Einen anderer Mann noch dazu, der mit ihr in so vertrautem Verhältnis stand, daß er am frühen Sonntagmorgen in ihrem Zimmer war – auf den Fotos war ja zu sehen, was sie anhatte. Ein Mann, der Laura so sehr haßte – oder liebte – daß er sie aus Leidenschaft und Zorn tötete.

Ein anderer Mann also. Ein Liebhaber. Lauras Liebhaber. Ich

mußte es mir immer wieder sagen, um es zu glauben, sogar jetzt noch.

Mein Gesicht muß Vanness viel gesagt haben, denn er lachte. Es klang verächtlich. »Was habe ich Ihnen gesagt, Anwalt? Wenn sie jemanden mit Ihnen betrügt, wird sie als nächstes Sie mit jemandem betrügen. Das ist jedesmal so, Anwalt.«

»Ich weiß nicht, wovon Sie sprechen.«

Seine Stimme wurde scharf. »Ich spreche von folgendem. Die Leute aus dem Büro des Sheriffs dort unten haben dieses Foto geschickt, weil sie dachten, Mr. Brower kenne vielleicht den Mann, der im Verdacht steht, Mrs. Brower ermordet zu haben. Sie wissen ja noch nicht, daß es gar nicht Mrs. Brower ist. Was sie aber wissen und uns mitteilen, ist, daß die Scheidung dort schon fast rechtskräftig ist. Und um diese Scheidung einzureichen, haben Sie doch Laura Meadill dort runtergeschickt, nicht wahr, Brower?«

»Ich weiß nicht, wovon Sie sprechen.«

Er lachte. »Dann sind Sie also am Samstag hinunter geflogen, um die Nacht mit ihr zu verbringen?«

Jetzt lachte ich auch, allerdings gezwungen. »Die suchen einen anderen Mann, erinnern Sie sich?«

»Allerdings. Weil sie nicht wissen, was wir wissen. Es heißt, daß die Nachbarn ausgesagt haben, dieser Mann sei dort unten ständig mit ihr zusammen gewesen – und er sei Sonntag früh plötzlich verschwunden und habe einen falschen Namen angegeben. Welchen falschen Namen haben Sie benützt, Anwalt?«

»Ich habe Ihnen doch gesagt, daß ich gar nicht in Florida war.«

»Das habe ich gehört. Sie haben alles zu gewinnen, dieser Typ gar nichts.« Er beugte sich vor und hielt mir ein Foto hin. Ich schaute es mir lange an, denn vom ersten Augenblick an kam es mir irgendwie bekannt vor – das gewellte Haar, der nachgezogene Schnurrbart, das gezierte Lächeln.

»Kennen Sie den, Brower?« sagte Vanness. »Ist das ein Freund von Ihrer Sekretärin?«

Ich schüttelte den Kopf.

»Ich habe ihn noch nie gesehen.«

Da kam es mir plötzlich, und ich erinnerte mich wieder an diesen Knaben. Natürlich. Wie auch nicht? Es war der Typ aus dem Appartement, das gegenüber von Lauras Hotelzimmer lag. Der Geschniegelte. Als ich sie nach ihm fragte, wie hatte sie da gesagt? Was für eine merkwürdige Formulierung? Nein, was für eine altmodische Formulierung. Junge, Junge. Ganz schön schlau. Hatte das Thema gewechselt, mit vorgetäuschtem Desinteresse. Ihr Freund also. Alle Nachbarn sagten, daß sie die ganze Zeit zusammen waren. Der Gigolo. Ich sah ihn vor mir stehen wie damals, als er sagte, er brauche eine Zigarette, und mich in dem Lichtkegel festhielt, der aus seinem Zimmer kam, während er mich von Kopf bis Fuß musterte, mich mit diesem gezierten Lächeln im Gesicht anstarrte.

Jetzt hatte dieses Lächeln plötzlich eine andere Bedeutung. Es wollte sagen, daß er mich kannte. Er kannte Laura, und er wußte alles über mich. Das hatte dieses Lächeln ausgedrückt.

Nur war ich zu beschäftigt gewesen, um mich darum zu kümmern.

## 17

Wie hätte ich Vanness sagen können, daß ich diesen Mann nur ein einziges Mal gesehen hatte, und zwar in Florida, vor Laura Meadills Appartement. Ich mußte immerzu daran denken, wie sehr Laura mich gebeten hatte, das Land zu verlassen, wie sie mich bat, mit ihr fortzugehen, solange wir noch konnten. Schon zum zweiten Mal hatte ich etwas ganz knapp verfehlt. In der Nacht, als ich Cora umbrachte – da ging das Telefon, und ich hätte Gulick Williams' Posten im Bezirksgericht haben können. Aber das kam gerade einen Augenblick zu spät. Wäre er eine Stunde früher gekommen, hätte dieser Anruf vielleicht alles ändern können. Und dann hatte Laura mich gebeten, außer Landes zu gehen – weil sie nicht wagte, mir von dem Mann in Florida zu erzählen.

Vanness beugte sich über mich. »Hören Sie. Ich möchte wissen, wo Ihre Frau ist.«

»Dann suchen Sie sie doch.«

»Das werde ich. In der Zwischenzeit würde ich Sie, wenn es nach mir ginge, aufgrund dessen, was ich weiß, ins Gefängnis stekken.«

»Was Sie zu wissen glauben, ist nicht viel wert, Vanness.«

»Aha, schon wieder ganz schön obenauf, was, Herr Anwalt? Junge, Junge. Wie Sie dort in Ihrem Büro ausgesehen haben, als ich Ihnen sagte, daß Ihre Frau in Florida ermordet worden sei! Sie sahen so schlecht aus, daß ich Mitleid mit Ihnen hatte. Ich mit Ihnen! Und die ganze Zeit über, während ich noch dachte, wie sehr Sie die Nachricht vom Tode Ihrer Frau doch getroffen habe, war es das gar nicht. Sie wußten, daß es nicht Ihre Frau sein konnte. Sie wußten, daß Ihre Frau überhaupt nicht in Florida war. Als ich Florida sagte, wußten Sie sofort, daß die Tote Ihre Sekretärin sein mußte – und daß ich drauf und dran war, Ihnen einen Platz auf dem elektrischen Stuhl zu verschaffen.«

»Wenn ich gewußt hätte, daß sie tot ist, wäre ich doch nicht so erschrocken.«

»Darauf gibt es bestimmt Antworten. Und die werde ich finden.

Und zwar alle. Wenn ich die habe, können wir Ihnen schon mal das Haar abrasieren.«

»Sie sind wirklich ein Witzbold.«

»Nein. Bin ich überhaupt nicht. Und das weiß ich auch, Anwalt. Ich bin nur so ein Knabe, der seine Arbeit tut. Ich hasse Mörder. Vor allem die, die sich so klug vorkommen und dann einen solchen Unsinn über Südamerika daherquatschen.«

Es läutete an der Türe, als Vanness sich gerade zum Gehen wandte. Er schaute über die Schulter. »Sieht aus, als gäbe es gleich noch einmal eine Ladung schlechter Nachrichten für Sie.«

Ich stand auf.

Bigley öffnete die Vordertüre, und ich erkannte die süßlichen Töne von Victoria Haines.

Mich schauderte. Vanness hatte sich jetzt wieder umgedreht und lachte mich aus, mit tödlich kalten Augen.

Victoria kam ins Zimmer gelaufen. Ich starrte sie an und fragte mich, wie sie nur eine solche Idiotin sein konnte. Hatte sie all die Polizeifahrzeuge vor dem Haus denn nicht gesehen? Brauchte sie wohl eine gedruckte Aufforderung, sich in einem solchen Moment zu verkrümeln? Hatte sie nicht einmal so viel Verstand, um zu begreifen, daß man uns miteinander in Beziehung brachte und sie mir auf den elektrischen Stuhl verhalf?

Vanness sah Victoria gar nicht an. Er wandte den Blick nicht von meinem Gesicht.

»Charley. Armer Charley.« Sie streckte die Arme aus und rannte auf mich zu, ohne die Polizisten zu beachten. Über ihren Kopf hinweg sah ich, wie sie Blicke tauschten. »Ich bin gekommen, so schnell ich konnte, Charley. So wie ich es gehört hatte. Arme Cora – so ermordet zu werden!«

Ich versuchte sie von mir fern zu halten.

»Victoria, du mußt wissen –«

»Wer hat so etwas nur tun können? Wer denn bloß, Charley? So etwas Brutales. Arme Cora!«

Frank Vanness lachte. Das war in dem stillen Raum ein häßlicher, brutaler Ton.

Victoria trat ein wenig zurück. Sie sah Frank Vanness an. Ihr Gesicht erbleichte.

»Es handelt sich da um einen kleinen Irrtum, Mrs. Haines –«

»Woher wissen Sie denn meinen Namen?«

»Ich fürchte, ich weiß noch eine ganze Menge mehr über Sie.«

Sie runzelte die Stirn, noch immer blaß im Gesicht, dann drehte sie sich um und sah mich an.

Wärst du doch verdammtnochmal zu Hause geblieben, dachte ich.

»Charley, was soll das heißen? Was ist denn los?«

Frank Vanness lachte wieder. »Sie verwechseln da ein bißchen was, Victoria. Seine Frau ist gar nicht umgebracht worden. Jedenfalls nicht die, die in der Zeitung steht. Übrigens, sind Sie gerade erst wieder in die Stadt gekommen?«

Sie warf den Kopf herum und überhörte seine letzte Frage. »Aber Coras Bild war in der Morgenzeitung. Ich hab's gesehen.«

»Ja. Aber das war ein Irrtum. Es handelte sich gar nicht um Browers Gattin bei der Frau, die Sonntag früh umgebracht wurde. Sondern um seine Sekretärin. Laura Meadill. Kennen Sie sie?«

Victorias Gesicht wurde ganz weiß. Es war, als hätte er sie geschlagen. Ich spürte Schwäche in mir aufsteigen und stützte mich auf die Armlehne des Sessels. Victoria kannte Laura Meadill offenbar. Das zeigte sich deutlich an ihrem schockierten Gesichtsausdruck.

Vanness trat auf sie zu, bevor sie sich wieder erholen konnte. »Ich möchte Ihnen eine Frage stellen, Victoria.«

»Mein Name ist Mrs. Haines.«

»Ach tatsächlich? Wenn ich die Sorte Frau vor mir habe, zu der Sie gehören, sage ich immer nur den Vornamen.«

»Was erlauben Sie sich, mich so zu beleidigen!«

»Ich nenn' sie immer so, wie ich sie sehe, Victoria. Wenn Sie Ärger mit mir wollen, na gut, dann nur zu. Sie können damit anfangen.«

Sie starrte ihn einen Augenblick an, die Lider der blauen Augen zusammengekniffen, den Unterkiefer vorgeschoben. Dann wurde ihr Blick unstet, ihre Lippen begannen zu beben, sie drehte sich um und sah mich an.

Ich mied ihren Blick vollständig.

»Sind Sie bereit, mir diese Frage zu beantworten, Victoria?«

»Ich brauche Ihnen keine Fragen zu beantworten.«

»Früher oder später schon. Und es betrifft Ihren Liebhaber hier.«

Bei diesem Wort flog ihr Kopf hoch. Sie stand angespannt da und wartete.

»Es wird Brower eine große Hilfe sein, Victoria, wenn Sie zur Zusammenarbeit mit uns bereit sind. Er sagt, daß er das Wochenende mit Ihnen verbracht hat. Würden Sie so gut sein und mir sagen, ob das stimmt oder nicht?«

Jetzt war alle Unentschlossenheit aus Victorias Gesicht gewichen. Sie schaute sich im Zimmer um, sah die Polizisten tatsächlich erst jetzt, erkannte, was ihre Anwesenheit bedeutete. Sie ließ ihren Blick lange über Vanness schweifen. Er hatte ihr gegenüber seine Trumpfkarte ausgespielt, hatte ihr gezeigt, was er von ihr hielt, und nun empfand sie ihm gegenüber keinerlei Respekt und auch keine Angst mehr. All das lag in dem kühlen Blick, den sie ihm zuwarf. Ihre zuckersüße Art war verschwunden, und ich sah, daß Victoria blitzschnell überlegte.

Warum antwortete sie ihm nicht? Was glaubte sie denn zu gewinnen, wenn sie die Antwort verweigerte?

Sie lächelte seltsam, schaute auf mich und dann wieder auf Vanness.

»Ich werden nicht antworten«, sagte sie gleichmütig zu ihm.

»Victoria!« Das Wort brach aus mir heraus. Ich hörte mich schon diesen Namen verzweifelt herausschreien, wenn ich zum elektrischen Stuhl hinunter ging …

»Das ist schon richtig so«, sagte sie. »Ich bin überzeugt, Charley, daß du mir da zustimmen wirst. Ich brauche keine Fragen zu beantworten, bevor ich nicht mit meinem Anwalt gesprochen habe.«

Vanness lachte. »Ist Brower Ihr Anwalt, Victoria?«

»Ja. Genau. Ich möchte mit ihm sprechen, bevor ich Fragen beantworte, die mich erniedrigen oder belasten könnten.«

Er lachte wieder. »Da haben Sie ihn. Sprechen Sie mit ihm.«

Sie schüttelte den Kopf. »Allein. Ich werde nicht vor allen diesen Polizisten mit ihm sprechen.«

Vanness schien die Szene zu genießen. Er sagte zu Bingley: »Lassen Sie sie in dem Zimmer da drüben reden. Halten Sie die Türe einen Spaltbreit offen und behalten Sie die beiden im Auge.«

»Ich glaube, du solltest mir jetzt endlich mal die Wahrheit sagen«, sagte Victoria.

»Ich habe dir die Wahrheit gesagt.«

»Charley, du bist in Schwierigkeiten. In sehr großen Schwierigkeiten. Es war schon schlimm genug, als ich noch dachte, daß Cora tot sei.«

»Du weißt, daß ich Laura Meadill nicht umgebracht habe. Ich war mit dir zusammen.«

»Ja. Aber es gibt da zu viele andere Dinge, die ich nicht weiß. Erstens hast du mir, bevor du mit Cora von hier losgefahren bist, am Telefon gesagt, daß du dich scheiden lassen würdest. Aber inzwischen höre ich von allen Seiten, daß du und Cora eine zweite Hochzeitsreise versucht habt, die aber nicht funktionierte, und daß sie dich verlassen hat und nach Florida gegangen ist.«

»Du weißt doch, wie schnell sich solche Gerüchte verbreiten.«

»Sicher. Ich war bereit, das alles für ein Gerücht zu halten, denn ich wußte ja etwas, was diese Leute nicht wußten. Ich wußte, daß ich noch ein paar Trümpfe in der Hand hielt. Ich hatte nämlich etwas, was du wolltest. Ich dachte, du hättest dich von Cora getrennt, weil ich das hatte, was du nicht bekommen konntest – ohne mich jedenfalls nicht. Du wolltest Richter werden. Ich dachte, du hättest mir die Wahrheit gesagt. Jetzt bin ich mir da nicht mehr so sicher.«

»Warum hätte ich dich anlügen sollen?«

»Gehen wir mal davon aus, daß du mir die Wahrheit sagst, und versuchen wir, Klarheit in die Sache zu bringen: Erkläre mir doch als allererstes, warum Laura in Florida war, sich als deine Frau ausgegeben und unter ihrem Namen die Scheidung eingereicht hat.«

»Das weiß ich nicht.«

»Charley, du bist doch eigentlich zu schlau, um so etwas zu sagen. Ich habe dich immer für einen der schlauesten Anwälte gehalten, die ich kenne. Jetzt redest du wie ein Schuljunge, der bei seiner ersten Lüge ertappt wird.«

»Ich schwöre dir, daß ich nicht weiß, wer Laura Meadill ermordet hat.«

Sie senkte die Stimme. »Vielleicht sollten wir als erstes das mit Laura Meadill klären.«

Ich spürte, wie mir über und über kalt wurde. Ich wartete und sah sie an.

»Ich habe dir vom ersten Tag an mißtraut, wo ich dich damals im Brahma getroffen hatte, Charley. Ich hatte vorher schon zu lange versucht, dich anzumachen, und du hast mich abblitzen lassen. Und jetzt auf einmal warst du hinter mir her. Dafür mußte es einen Grund geben. Den wollte ich unbedingt wissen. So fand ich heraus, daß du dich mit deiner hübschen kleinen Sekretärin trafst. Ich ließ dich beschatten, jedes Mal, wenn du die Leute glauben machen wolltest, daß du mit mir zusammen warst.«

»Mein Gott, Victoria –«

»Du klingst ziemlich fertig, Charley. Jedenfalls hattest du mich genau dort, wo du mich haben wolltest. Welche Frau brächte es fertig, da die Wahrheit zu sagen – nämlich daß sie an Orten wie Atlantic City allein herumsaß und auf dich wartete, während du nicht auftauchtest? Oh, du hattest mich in die Enge getrieben. Ich war zu eitel. Ich hätte nie jemandem die Wahrheit darüber gesagt, wo du dich in Wirklichkeit aufgehalten hast. Ich hätte dich hassen sollen, Charley, und ich haßte dich tatsächlich. Aber ich war auch neugierig geworden. Ich wußte, daß das zu etwas führen mußte. Du hast mich benutzt, und auch dafür haßte ich dich. Aber ich wollte sehen, was du zu gewinnen hofftest. Deine kleine Sekretärin verschwand nach Florida – du fuhrst ihr nach – und die ganze Zeit munkelte man, daß du bei mir wärst.«

»Warum hast du das Ganze dann mitgemacht?«

»Oh Charley, du klingst wirklich überhaupt nicht wie du selber. Ich sage dir doch, ich habe abgewartet. Ich wollte sehen, was du tun würdest, was du imstande wärest mir anzutun. Dann starb Gulick Williams, und ich erkannte, daß ich deine Pläne, wie auch immer sie sein mochten, würde ändern können. Ich hatte dich jetzt auch in die Enge getrieben, Charley. Der selbstbesessene, vom Ehrgeiz zerfressene Charley Brower. Glaubst du denn, ich wüßte nicht, wie sehr du Cora dafür haßtest, daß du nicht sofort an ihr Vermögen 'rankamst? Aber du hattest eben viel an dir, was mir gefiel, und ich dachte, ich könnte dich kaufen. Könnte dich zum Bezirksrichter machen. Könnte dir den Anfang deines Traums verwirklichen.«

Ich sagte nichts. Ich fuhr mir mit dem Handrücken über den Mund. Mein Hirn fühlte sich an, als habe es sich in Matsch verwandelt.

»Als du also diesmal zurückkamst, ging es für mich ums Ganze, Charley. Cora wollte sich scheiden lassen, du und ich hätten zusammensein können, und ich hätte dir diese Stelle verschafft. Aber jetzt nicht mehr. Mit einem Scheidungsskandal wäre ich ja vielleicht noch zurechtgekommen. Aber mit einem Mord – und nicht einmal deine Frau, sondern deine Geliebte. Eine deiner Geliebten. Deine Sekretärin, deine heimliche Liebe, die in Florida so tut, als wäre sie deine Frau. Ich weiß jetzt nicht so recht, Charley. Du willst also, ich soll da rübergehen und der Polizei sagen, daß du das ganze Wochenende mit mir verbracht hast. Soll ich mich denn nach allem, was du mir angetan hast, noch weiter für dich kompromittieren?«

»Mein Gott, Victoria. Du mußt ihnen die Wahrheit sagen.«

»Muß ich das? Hast du mich nicht auch für eine Lüge benützt? Ich habe die Leute glauben lassen, daß du bei mir warst, als es gar nicht stimmte. Du warst mit Laura irgendwo im Hotel. Du warst mit Laura in Florida. Warum sollte ich denen sagen, daß du mit mir in Barrington Springs warst, und meinem Ruf noch mehr schaden? Du hast ja gesehen, was dieser Detektiv von mir hielt – eine ganz gewöhnliche Nutte bin ich seiner Meinung nach, und zwar wegen dem, was die Leute über dich und mich reden. Soll ich das noch schlimmer machen – soll es durch die Zeitungen gehen, daß du für ein romantisches Wochenende mit mir in Barrington Springs warst, wenn du doch gar nicht vorhast, mich zu heiraten, und das auch nie vorhattest?«

»Mein Gott, Victoria. Du mußt.«

»Nein, Charley. Das ist nicht wahr. Ich muß gar nicht. Ich habe mich zum letzten Mal von dir benutzen lassen – die ganze Sache verletzt mich nur.«

Ich packte sie am Arm.

»Laß mich los, Charley. Du tust mir weh.«

»Ich habe dich schon sehr viel fester angefaßt als jetzt.«

»Aber da wollte ich es.« Sie schüttelte mich ab.

»Victoria, dann steht immer noch mein Wort gegen deines.«

»Tja, Pech für dich, denn mein Wort ist mehr wert als deins – und ich werde sagen, daß du nicht mit mir zusammen warst.«

»Aber du bist ja wahnsinnig!«

»Ach wirklich! Dann aber nur wegen dir, Charley. Ich war durchaus nicht wahnsinnig, bis du mich dann wie einen Punchingball benutzt hast.«

»Die Leute in Barrington Springs –«

Sie lachte mir nur ins Gesicht. »Wer hat dich denn gesehen, Charley? Ein paar Sekunden auf dem Bahnsteig. Ein Gepäckträger, der sich an nichts erinnern kann, weil ich ihm sagen werde, er soll's vergessen. Ich habe mich als Einzelperson eingetragen. Ich habe immer das Essen für uns bestellt. Mit wem hast du denn geredet, Charley? Wer hat dich dort gesehen? Wer hat dich wirklich so genau gesehen, daß er schwören kann, das seist du gewesen – und nicht etwa jemand, der dir ähnlich sieht. Letztlich hätten es alle möglichen Männer sein können. Ich stehe einfach auf deinen Typ.«

Ich blickte im Zimmer umher. Nichts sah real aus. Ich dachte, der Boden könnte sich vielleicht auftun und mich für immer versinken lassen, aber das wäre zu einfach gewesen.

Meine Stimme bebte. »Was willst du also, Victoria?«

»Wie meinst du das, was ich will?«

»Du wirst die Wahrheit sagen. Nur kostet die mich etwas – also was?«

Sie lächelte. »Schon besser. Ich war so glücklich, als ich dachte, ich hätte dich, Charley. Ich dachte, mit dem Richteramt könnte ich dich kaufen. Jetzt kann ich dir so etwas nicht mehr anbieten ...« Sie fuhr mit den Fingern über mein Gesicht. Es schüttelte mich. »Das einzige, was ich dir jetzt anbieten kann, Charley, ist ein Alibi, das dir vielleicht das Leben rettet.«

»Was willst du?«

»Dich. Das ist alles. Wie die meisten Frauen bin ich eine Närrin, wenn es um den einen Mann geht. Egal wie du bist, dich will ich nun mal. Ich bin bereit, meinen guten Ruf zu zerstören und auszusagen, daß du mit mir in Barrington Springs warst – in einem Einzelzimmer – aber im Austausch dafür will ich eine Heirat. Eine ganz einfache, Charley, mit ein paar Blumen, ein paar Freunden, einem Ring.«

Ich starrte sie an. Ich versuchte zu atmen, aber ihr Parfum überwältigte mich. Ich erstickte fast.

»Entscheide dich, Charley. Wenn du glaubst, daß ich dir die beschämende Art, in der du mich benutzt hast, nicht zurückzahle, dann mach doch die Probe aufs Exempel. Laß es ruhig darauf ankommen, dann wirst du schon sehen.«

## 18

Vanness kam erst spätnachmittags zurück. Ein Polizeiwagen stand den ganzen Tag vor dem Haus, aber niemand sprach mit mir. Vermutlich hätte ich sogar durch die Hintertüre hinausgehen und davonlaufen können. Ich weiß es nicht; ich habe es nicht versucht.

Ich streifte durchs Haus, während ich mir überlegte, was Victoria nun wohl tun würde. Sie hatte es mich ja wissen lassen. Ich konnte sie heiraten – oder auf den elektrischen Stuhl kommen.

Ich verspürte nichts als Müdigkeit. Man kann nur ein bestimmtes Quantum zu einer bestimmten Zeit einstecken und mehr nicht. Ich ging in das Zimmer, in dem ich Cora ermordet hatte. Ich starrte mich im Spiegel an. Du blöder, idiotischer Hurensohn. Ich lachte laut auf. Oh, was warst du schlau. Cora konnte eine Scheidung à la Florida erwirken, Südamerika besuchen, und später hättest du dann einen Brief bekommen, in dem dir ihr Tod angezeigt wird. Du hättest zwar ihren Tod beweisen müssen, aber die große Entfernung hätte sich zu deinen Gunsten ausgewirkt, und ein paar Bestechungsgelder auch. Es wäre machbar gewesen.

Natürlich gab es da einige Knackpunkte. Wenn Cora sich von mir scheiden ließ, hätte sie selbstverständlich ihr Testament geändert. Wie hätte ich erwarten können, eine halbe Million einzustreichen, wenn das stimmte und ich ihren Tod nicht beweisen konnte? Aber ich hatte ja nicht erwartet, das Geld von ihr zu erben. Wir hatten ein gemeinsames Bankkonto, und viele ihrer Wertpapiere und Aktien hätten flüssig gemacht werden können – ich hätte einiges herausholen können, bevor ich mir überhaupt die Nachricht von ihrem Tod schickte. Egal, was die Banken davon hielten, daß ich unsere gemeinsamen Konten leer räumte, sie hätten nichts dagegen tun können.

Ich rieb mir die Augen. Sie taten so entsetzlich weh, aber ich wußte, daß ich sie nicht zumachen konnte. Wenn ich einschlief, würde ich träumen. Coras steife Leiche würde mich gegen die Wand drängen, so daß ich eingezwängt und elend so bleiben mußte, bis ich schreiend aufwachte.

Das also war von meinen großen Plänen übriggeblieben. Keine Eile. Nichts überstürzen. Es wird einige Zeit dauern. Fünfhundert Riesen sind eine Menge Geld, und es wird einfach eine Weile dauern, das richtig anzugehen. Aber ich ging gar nicht langsam vor. Ich raste dahin, und die Zeit hatte keine Bedeutung mehr.

Ich rieb mir mit den Händen über das Gesicht.

»Was ist los?«

Ein Ton entrang sich meiner Kehle. Ich erbebte von Kopf bis Fuß und fuhr herum.

Vanness stand in der Türe und beobachtete mich. Das Schlimmste war, daß ich keine Ahnung hatte, wie lange er schon dort stand. Vielleicht hatte er die ganze Zeit dort gestanden. Vielleicht beobachtete er mich schon den ganzen Tag.

»Sie sehen völlig erledigt aus, Anwalt.«

Ich schaute ihn an und wartete. Ich würde nicht in die Falle gehen. Er würde von mir nicht einmal die Uhrzeit erfahren. Er würde alles ganz allein schaffen müssen.

»Ich habe gearbeitet, Anwalt.«

»Ja.«

»War viel zu tun den ganzen Tag. Hab' ein ganzes Team von Detektiven für mich arbeiten lassen. Nicht einmal ein Anwalt wie Sie kann sich wahrscheinlich vorstellen, wieviel man an einem einzigen Tag schaffen kann, wenn man eine Truppe von gut ausgebildeten Detektiven an einer Sache arbeiten läßt.«

Ich wartete. Meine Lippen fühlten sich ausgetrocknet an, aber ich feuchtete sie nicht an.

»Zum Beispiel sage ich Ihnen jetzt etwas, was Sie nicht wußten. Wir haben das Foto von dem Mann, den die Polizei in Florida sucht, identifiziert. Er heißt Lou Recsetti. Sagt Ihnen das etwas, Anwalt?« Ich schüttelte den Kopf.

»Sollte es aber. Seit er in den Fall verwickelt ist, haben sich meine Ansichten sehr geändert. Wissen Sie, wer das ist?«

»Nein.«

»Sie sollten sich mehr mit Verbrechen beschäftigen. Lou ist ein Gangster. Zweimal geschnappt worden, hat wegen Raub gesessen. Ist erst vor ein paar Monaten auf Bewährung 'rausgekommen.«

»Was hat das mit mir zu tun?«

Er lächelte, was grimmig aussah, so eingezwängt wie dieses Lächeln war zwischen hängenden Nasenflügeln und zusammengebissenem Kiefer. »Eine ganze Menge, würde ich sagen. Seine Frau hat für Sie gearbeitet.«

»Seine Frau?«

Er zuckte mit den Schultern. »Warum auch nicht? Ein Mädchen muß doch arbeiten gehen, wenn ihr Mann bei einem Raub erwischt wird und für eine Weile in den Knast kommt.«

Raub. Jetzt kam es mir wieder. Laura, wie sie mir von ihrer Freundin erzählte, deren Ehemann auf Bewährung frei sei, aber

Hilfe brauche. Junge, Junge. Laura selbst war diese Freundin, und Lou Recsetti der Ehemann. Kleiner Gangster. Raub.

»Es war nur so, daß diese Laura befürchtete, Sie könnten von ihrem Mann gehört haben. Als sie nach Summit kam, verzichtete sie daher lieber auf ihren Ehenamen. Sie nahm ihren Mädchennamen wieder an. Wenn man sich's richtig überlegt, war der Mädchenname aber auch nicht viel besser.«

Wenn es mal losgeht mit den Schlägen, dann gibt es einfach kein Ende.

»Laura selber war nämlich auch nicht gerade ein Engel. Sie verbrachte einige Zeit in einer Besserungsanstalt für Mädchen.«

Ich schüttelte den Kopf. Er schaute mich an und nickte, offensichtlich mit Genuß. »Sie haben nicht viel über sie gewußt, nicht wahr? Dort hat sie Maschinenschreiben und Steno gelernt. Wegen der Rehabilitation und so. Sie hatte ganz schön was hinter sich. Anscheinend war sie die kleine Geliebte ihres Onkels, seit sie ungefähr vierzehn war.«

Ich preßte die Faust gegen die Kehle.

»Es wäre vielleicht gar nie rausgekommen. Aber da geht der Onkel her und bringt seine Frau um, Laura Meadills Tante. Das ist schon lange her; kein Wunder, daß Sie nichts davon gewußt haben. Aber anscheinend ist bei der Gerichtsverhandlung der Onkel zusammengebrochen und hat zugegeben, daß er's jahrelang mit der Nichte seiner Frau getrieben hatte. Man konnte ihr allerdings nicht nachweisen, daß sie etwas mit dem Mord zu tun hatte oder auch nur davon wußte. Aber der Richter ließ sie in so eine Erziehungsanstalt einweisen, damit sie eine Ausbildung bekam und einen Neuanfang machen konnte. Wirklich zum Lachen! In dieser Besserungsanstalt lernte sie Lou Recsettis Schwester kennen, und als er einmal zu

Besuch kam, lernte sie Lou selber kennen. Hübsche Vorstellung, was, Anwalt?«

Ich schüttelte den Kopf und dachte an all die Lügen, die ich bisher über Laura geglaubt hatte, und an all die Wahrheiten, die ich gezwungen war jetzt zu glauben.

»Wenn ich von Anfang an etwas von Recsetti gewußt hätte, wäre ich weniger grob mit Ihnen umgegangen, Brower.«

»Was?«

»Klar. Daß dieser Dreckskerl in dem Fall mitmischt, ändert alles. Ich habe zwar deswegen keinen größeren Respekt vor Ihnen. Ich mag Sie nicht. Ich mag keine Männer, die sich nicht an die Moralgesetze halten können – und Sie haben sie in Bezug auf Ihre Frau gebrochen. Aber ich habe meine Meinung geändert. Ich glaube nicht, daß Sie des Mordes schuldig sind. Recsetti hat mir den Haken geliefert, den ich brauchte.«

Ich starrte ihn an und schüttelte den Kopf.

Er grinste, und das sah so humorlos aus, daß ich zitterte.

»Seien Sie nicht so dumm, Brower. Wie gesagt, ich mag Sie nicht. Aber jetzt glaube ich, daß Sie reingelegt worden sind. Ich kenne die Einzelheiten noch nicht, aber das kommt noch.«

»Reingelegt?«

»Aber sicher. Diese Laura Recsetti und ihr Mann haben Sie als Köder benutzt. Ich muß ja fast lachen – der gerissene Rechtsanwalt, der sich als Köder benutzen läßt. Vielleicht haben sie es so geplant: Laura arbeitet für Sie. Dann denken sie sich irgend etwas aus, um Ihre Frau aus dem Weg zu schaffen – und in dieser Hinsicht habe ich eine schlechte Nachricht für Sie. Bei uns im Büro sind sich alle darüber einig. Ihre Frau ist tot.«

»Warum – warum denkt man das?«

»Es liegt nahe. Die haben Mrs. Brower ermordet, damit sie Laura in Florida als Ihre Frau auftreten lassen können. Sie reichten die Scheidung ein. Der nächste Schritt wäre vielleicht gewesen, der Bank ein Schreiben mit der gefälschten Unterschrift von Mrs. Brower zu schicken und so viel Geld wie möglich abzuheben – und dann in ein Land abzuhauen, das nicht an uns ausliefert.« Sein Lachen war hart. »Vielleicht wären sie nach Südamerika gegangen und hätten Ihnen dann geschrieben, daß Ihre Frau dort ist.«

»Aber – Sie wissen nicht, ob meine Frau ermordet ist.«

»Wir wissen so viel: wir wissen, daß Laura Recsetti sich als Mrs. Brower ausgab und eine Scheidung anstrengte. Und dann gab es da diesen Brief, den die Dame aus dem Nebenhaus bekam. Ich habe ja schon herausgefunden, daß Ihre Frau diesen Brief auf keinen Fall geschrieben hat. Aber wir haben ein paar Sachen gefunden, die Ihre kleine Sekretärin geschrieben hat – und die Graphologen schwören, daß von der Person, die den Brief an Mrs. Myers schrieb, auch die Schriftproben sind, die wir in Laura Recsettis Hotelzimmer gefunden haben. Das genügt mir. Dem Staatsanwalt hätte das auch gereicht, wenn sie noch leben würde.«

»Aber wenn das stimmt, was Sie sagen, warum hat dann Lou seine – Frau ermordet?«

»Tut immer noch weh, das auszusprechen, was, Herr Anwalt? Das weiß ich noch nicht. Aber das FBI sucht Lou. Wenn wir ihn haben, kriegen wir schon heraus, was er sich gedacht hat. Wir werden diesem Bürschchen das schon aus der Nase ziehen. Vielleicht hatten sie Streit. Vielleicht war Laura durch die Arbeit bei Ihnen zu vorwitzig geworden. Vielleicht wollte sie Lou 'reinlegen. Aber die Sache ist die, wir sind ihm auf die Schliche gekommen, daß er Ihre Frau umbringen wollte – und dann vielleicht auch noch Sie, nachdem Sie das

Geld Ihrer Frau in der Hand gehabt hätten – oder das, was Sie ihnen übriggelassen hätten. Wir suchen Lou. Und wir werden ihn finden.«

»Aber – Sie wissen immer noch nicht, ob er sie umgebracht hat.«

»Wer denn sonst? Er wohnte gleich gegenüber von ihr, quer über den Innenhof. Alle redeten darüber, daß die beiden ständig zusammen waren. Nachdem sie ermordet worden war – und bevor sie gefunden wurde – verschwand er.«

»Aber Sie sagten doch, daß ich vielleicht –«

»Haben Sie nicht schon genug eigene Sorgen, Brower, ohne daß Sie sich auch noch meine machen? Sie sagten, daß Victoria Haines Ihnen für das Wochenende ein Alibi verschaffen würde.«

»Haben Sie noch nicht mit ihr gesprochen?«

»Wie gesagt. Ich hatte zu tun, hab' mich mit dem reizenden Vorleben Ihrer Sekretärin beschäftigt. Ich komme schon noch auf sie zurück.«

»Natürlich.« Ich ließ mich gegen die Wand sinken.

»Im Augenblick ist sie nicht meine größte Sorge. Was mir im Moment wirklich Kummer macht, egal, ob Ihnen das auch so geht oder nicht, ist Ihre Frau. Wir möchten wissen, was geschah, nachdem Sie beide sich gestritten hatten und Sie allein zurück kamen.«

»Ich weiß es nicht.«

»Natürlich, und es war Ihnen auch egal. Sie hatten diese Victoria Haines beschnuppert. Und die ganze Zeit über hatten so ein Gauner und seine Frau Ihnen eine Falle gestellt, entweder für Mord oder für Erpressung. Die ganze Zeit über folgten sie Ihnen – Lou jedenfalls – und schnappten sich Cora, nachdem Sie beide sich gestritten hatten und Sie nach Hause fuhren. Irgendwo hat er sie getötet und ihre Leiche versteckt. Das muß die Antwort sein. Und jetzt werden wir alles klären und den Fall sauber abschließen.«

»Aber wenn Sie sie nicht finden?«

»Das ist es ja. Wir werden sie finden. Wir schicken die Beschreibung ihres Buick an alle Polizeidienststellen des ganzen Landes. Wenn ein Verbrechen in einer genügend großen Entfernung passiert, dringt davon manchmal dann noch was bis zu uns, nicht genug, um daraufhin etwas zu unternehmen. Aber in diesem Fall unternehmen wir alles, was möglich ist. Wir lassen Fotos von Cora Brower machen – Tausende. Irgend jemand wird sich an sie erinnern. Und wenn dieser Jemand auftaucht, können wir für Recsetti den Angelhaken auslegen. Nicht wegen einem Mord, sondern wegen zweien.«

Ich schloß die Augen. Ich konnte an nichts anderes denken als an Cora, wie sie auf dem Vordersitz des 1950er Studebakers hockte, fast 2000 km weit von hier in Kansas. Sie hatten es dort noch nicht geschafft, ihre Identität bis nach Summit zurückzuverfolgen, aber jetzt würden sie ein Foto von ihr bekommen. Die Polizei in Kansas und das FBI hatten bestimmt Fotos von ihr gemacht, als ihre Leiche gefunden wurde.

Und wenn sie Recsetti schnappten? Wenn sie ihn dazu brachten, daß er zugab, Laura ermordet zu haben? Er würde niemals zugeben, Cora ermordet zu haben. Aber gesetzt den Fall, daß Laura ihm alles erzählt hatte, was sie und ich planten. Gesetzt den Fall, er wußte die Wahrheit, und um sich zu retten, erzählte er sie der Polizei. Wirklich, es wäre ein Leichtes, sie glauben zu machen, daß ich Laura ermordet hatte.

Das machte mir vor allem zu schaffen, denn wenn Victoria Haines sich entschloß, Vanness zu sagen, daß ich das Wochenende nicht mit ihr verbracht hatte, würde es das Bild vervollständigen. Recsetti brauchte nicht einmal besonders gerissen zu sein. Wenn er lange genug den Mund hielt, würde auch noch dem dümmsten Polizisten der ganzen Mannschaft die Antwort einfallen. Ich hatte Laura in einem Anfall von Eifersucht ermordet, als ich herausfand, daß sie mit Recsetti zusammenarbeitete.

Ich war müde. So müde war ich noch nie in meinem ganzen Leben gewesen. Selbst der Alptraum, nach einer schlaflosen Nacht fast zweitausend Kilometer weit ohne Schlafpause zu fahren, war nichts im Vergleich zu der Müdigkeit, die ich im Augenblick fühlte.

Ich wollte die Wahrheit sagen. Ich war zu müde, um damit noch weitere Verwirrspielchen zu treiben. Ich brauchte ja nur zu sagen, »Vanness, ich habe Cora ermordet.« Sonst brauchte ich nichts zu tun. Dann wäre es vorbei, und ich könnte ausruhen.

Aber ich konnte nicht. Vanness stand da und schaute mich an, aber ich war zu müde, um den Mund aufzumachen.

## 19

Als ich wieder aufsah, war Vanness gegangen. Ich wußte nicht einmal, wie lange schon. Ich rannte zum Schlafzimmer hinaus. Eine Minute lang verlor ich völlig den Kopf. Ich wollte Vanness nachschreien. Ich wollte nicht, daß er aus dem Haus ging und mich hier allein ließ. Was für einen Sinn hatte es, zu warten? Es war ja doch nur eine Frage der Zeit, oder?

»Frank?«

Ich bekam keine Antwort. Der Hall meiner Stimme wurde gegen die Wände geworfen. Ich rannte auf die Veranda hinaus. Der Streifenwagen war auch verschwunden.

Aber deswegen ging es mir nicht besser. Sie hatten mich. Ich konnte hier im Haus bleiben und warten, schlaflos warten. Oder ich konnte schreien, bis sie wieder zu mir zurückkamen. Alles, was ich gewollt hatte, war dahin, alles, was ich gewinnen wollte, war verloren.

Ich schaute mich im Haus um. Ich war allein. Vielleicht zum letzten Mal in der Zeit, die mir noch verblieb, war ich allein. Wenn ich etwas tun wollte, war jetzt der Augenblick dazu da.

Was konnte ich tun? Hatte es auch nur den geringsten Sinn, zu fliehen? Ich würde niemals Richter werden, an keinem Gerichtshof. Ich würde niemals die halbe Million Dollar bekommen, die Cora gehortet hatte. Laura war tot. Ich war nicht mehr Charles R. Brower, Rechtsanwalt. Ich war Charley Brower, gesucht wegen Mordes.

Aber wenigstens lebte ich noch.

Ich schaute auf die Uhr. Wahrscheinlich könnte ich ein Flugzeug nach Norden, nach Kanada, oder an die Westküste, oder nach Süden, nach Miami erwischen. Nach Süden? Warum denn nicht? Wer würde schon denken, daß ich dorthin floh, wo sie mich bereits suchten? Wer würde mich dort unten suchen?

Mein Mund zog sich zusammen. Versuch bloß niemanden auszutricksen, Brower. Das hast du schon mal versucht, du toller kluger Anwalt, und hast alle Schwachpunkte zu umgehen geglaubt. Jetzt schau, wohin es dich gebracht hat.

Hau ab. Versuche nicht, es schlau anzustellen. Sei einfach nur schnell. Wenn du dich beeilst, kannst du es vielleicht noch schaffen.

Wieviel Zeit hatte ich? Es gab keine Möglichkeit, das herauszufinden. Wenn Vanness mit Victoria sprach und sie leugnete, mit mir zusammen gewesen zu sein, würde er vielleicht zurückkommen und mich mitnehmen. Vielleicht würden sie mich aber auch erst verhaften, wenn sie Recsetti erwischt hatten. In diesem Fall blieben mir noch ein paar Stunden, ein paar Tage. Das war nicht viel, aber wenn ich mich beeilte, würde es vielleicht reichen.

Ich sah mich um. Es war jetzt schon dunkel; und die Dunkelheit waberte durchs Haus. Wenn ich floh, würde das einem Schuldgeständnis gleichkommen. Aber wozu solche Haarspaltereien? Gestehen oder überführt werden? Wenn man in Pakistan war, spielte es keine Rolle, wessen man überführt war.

Vielleicht würden sie kommen und mich suchen. Aber das würde einige Zeit dauern, und Zeit war das, was ich wollte. Zeit, um auszuruhen. Nur jetzt konnte ich nicht ausruhen. Ich mußte hier raus.

Ich griff mir ein Scheckbuch und ließ die Türe hinter mir zufallen.

Ich öffnete die Garagentür und stieg in mein Auto. Meine Hände zitterten so, daß ich den Zündschlüssel fallen ließ und auf dem Boden nach ihm tasten mußte.

Ich startete und schaltete die Scheinwerfer ein. Etwas warnte mich, daß man mich vielleicht beobachtete, daß ich aber in der Dunkelheit bestimmt ungesehen bis zur Straße kommen würde, wenn ich ohne Licht fuhr. Dann fiel mir ein, daß der Rückfahrscheinwerfer auf jeden Fall aufleuchten würde, wenn ich den Rückwärtsgang einlegte. Aber dieses Risiko mußte ich eingehen.

Ich setzte zurück, lenkte den Wagen langsam die Auffahrt hinunter und auf die Straße hinaus.

Ich schaltete in den Vorwärtsgang und wollte den Forest Drive entlang fahren. Vor mir kam ein Auto aus der 65sten Straße. Es rollte heraus und bremste nicht, obwohl ich Vorfahrt hatte. Zuerst dachte ich, es sei die Polizei. Ich schaute das Auto an. Es war groß und dunkel. Nichts amtliches.

Ich stieg heftig auf die Bremse, drehte am Lenkrad und versuchte an dem anderen Auto vorn vorbeizufahren.

In diesem Augenblick sah ich ein Auto, das von der anderen Seite aus der 65sten Straße kam. Es fuhr ganz nahe heran, so daß ich anhalten mußte. Die beiden schwarzen Autos hatten mich eingekeilt, und ich war gefangen.

Bevor ich zurücksetzen konnte, standen zwei Männer neben meinem Auto. Mir drehte sich der Magen um.

»Lassen Sie ihn stehen«, sagte der eine von ihnen.

»Ihr Kerls blockiert –«

»Lassen Sie ihn einfach stehen. Schalten Sie die Zündung aus.«

Ich starrte sie an. Sie hatten tote Augen in ausdruckslosen Gesichtern. Ich drehte den Motor ab. Die Stille drängte herein.

»Was wollen Sie?«

»Wie heißen Sie?« sagte einer von ihnen.

»So etwas könnt ihr Jungs doch nicht machen. Hier wohnen doch Leute.«

»Sie haben's gehört, Junge. Ich habe Sie etwas gefragt. Wie heißen Sie?«

Der andere machte die Türe auf. Ich versuchte sie zuzuziehen, aber er riß sie mir aus der Hand, stieg ein und lehnte sich dagegen.

»Heißen Sie vielleicht Richard Smith?«

Da wußte ich es. Sie brauchten mir keine gedruckten Visitenkarten mehr zu geben. Ich sah, daß noch vier weitere in den beiden schwarzen Wagen saßen. Alle von diesem Autoschieber-Ring, von dem Mann, dessen Namen ich Mike Welch abgepreßt hatte.

»Mal ein Auto unter diesem Namen gekauft? Einen 1950er Studebaker? Bar bezahlt, per Postanweisung?«

»Ich weiß nicht, wovon Sie sprechen.«

Er packte mich plötzlich am Hemd und zerrte mich aus dem Auto. Ich stolperte und schlug mit den Knien auf dem Pflaster auf. Ich versuchte aufzustehen, aber er drehte die Faust und zwang mich nieder.

»Schauen Sie mal, Mr. Smith. Dort in dem Auto, gleich da drüben.«

Sie hatten die hintere Türe von einem der Autos offen gelassen. Ich sah Mike Welch auf dem Rücksitz sitzen. Er sah aus, als wäre er zusammengeschlagen worden. Er schaute mich an, und seine Augen waren kalt.

Meine Kehle gab einen Laut von sich.

»Hören Sie zu, Mr. Smith. Der Boss hat uns geschickt, damit wir mit Ihnen reden. Sieht so aus, als hätten Sie ihm da was Schönes eingebrockt. Hatte die Typen vom FBI da, die überall herumschnüffelten. Das mag er gar nicht. Schlecht fürs Geschäft.«

Der Schlag mit dem Handrücken ins Gesicht hätte mich umgeworfen, aber er ließ mich nicht los.

»Echt schlecht fürs Geschäft. Der Boss sagt, wir sollen Ihnen das mal verklickern. Er mag es nicht, wenn ihm jemand das Geschäft vermiest.«

Sie zogen mich hoch und bearbeiteten mich mit den Fäusten, bis runter zum Magen und wieder zurück.

»Der Boss zahlt eine Menge Kohle zu seinem Schutz. Er mag's, wenn alles glatt geht. Er mag es gar nicht, wenn ihm jemand Ärger macht.«

Mir war, als würde mir das Innerste versengt. Der Kerl ließ mich los, und ich sackte zusammen und schlug mit den Knien aufs Pflaster.

»Aufstehen, Mr. Smith.«

Er langte herunter, packte meine Krawatte und drehte sie zu, bis ich keine Luft mehr bekam. Langsam rappelte ich mich hoch.

»Schon besser.«

Die Fäuste legten wieder los. Die Krawatte wurde gedreht, und die Fäuste arbeiteten flink und geübt.

Ich schlug mit den Armen, weil ich keine Luft bekam.

»Halten Sie still, Mr. Smith.«

Diese Hände gingen mir kreuz und quer übers Gesicht. Die Krawatte zog sich noch enger zusammen. Als sie auch noch die Knie benutzten, wurde der Schmerz zu schrecklich. Ich spürte ihn nicht mehr.

Sie ließen mich los, und ich schlug hart auf dem Boden auf und wälzte mich herum, um wieder atmen zu können.

Bei jeder Bewegung trat mich einer von ihnen, an den Kopf oder in den Bauch. Wohin, das schien ihnen egal zu sein. Ich konnte nicht still liegen, weil ich nur atmen konnte, wenn ich mich bewegte. Aber schließlich begriff ich, daß sie mich weiter treten und schlagen würden, so lange ich mich bewegte.

Ich lag still und rang nach Atem. Sie traten mich wieder. Aber sie schienen jetzt weit weg zu sein. Mein Kopf drehte sich, mein Arm zuckte, und wieder traten sie mich. Da wurde ich wie Schleim auf der Straße, ohne Knochen und Muskeln.

Sie hoben mich hoch und stopften mich wieder hinter das Steuerrad meines Wagens. Sie ließen ihn an und legten einen Gang ein. Das Auto rollte langsam dahin und zickzackte über den Forest Drive, bis es gegen einen Randstein fuhr, sich auf den Gehsteig hinaufschob und an einem Baum zu stehen kam.

## 20

Endlich konnte ich wieder atmen. Ich setzte mich auf, aber da durchströmte mich ein solcher Schmerz, daß ich fast in Ohnmacht fiel. Ich versuchte das Auto anzulassen, versuchte zu fahren, konnte aber nicht. Ich schaffte es, die Türe zu öffnen. Ich ließ mich auf den Gehsteig fallen. Schließlich versuchte ich aufzustehen, aber da begann sich die Nacht um mich zu drehen, und ich wußte, daß ich nicht würde laufen können.

Ich machte einen Schritt und fiel aufs Gesicht.

Ich schaute über die dunkle Straße, runter zu meiner Einfahrt, eine unendlich weite Entfernung. Ich kroch durch die Dunkelheit auf Händen und Knien bis zur Auffahrt.

Da stand ich auf, stolperte und fiel, stand auf, stolperte und fiel, bis ich wieder im Haus war.

Hinter der Türe fiel ich um und blieb liegen, bis ich wieder Luft bekam. Es tat zwar weh, aber ich konnte atmen.

Schließlich zog ich mich hoch und schleppte mich an der Wand entlang auf mein Schlafzimmer zu.

Plötzlich traf ein Licht aus dem Vorderzimmer mein Gesicht.

Ich war zu müde, um mir darüber Gedanken zu machen, sogar zu müde, um zu reagieren.

»Na, Süßer. Sieh mal einer unseren Süßen an. Süßer, du siehst aber schlecht aus. Du siehst aus, als hätte man dich gerade ganz schön auseinandergenommen.«

Ich machte die Augen auf und starrte ihn an. Er stand in der Tür zum Vorderzimmer. Hinter ihm waren die Jalousien sorgfältig zugezogen. Er sah abgemagert aus, war aber doch in besserer Verfassung als ich. Seine Kleidung war ramponiert und verschwitzt. Den Kragen hatte er noch im Nacken hochgeschlagen. Aber ich erkannte Lou Recsetti. Er war auf der Flucht. Das sah man ihm an.

»Was machen Sie denn hier?« Blut lief mir aus dem Mund, während ich sprach.

»Wollte dich besuchen kommen, Süßer.«

Ich lachte auf, drückte dabei aber schnell die Finger auf meine schmerzenden Zähne.

»Über wen lachst du denn, Süßer?«

»Über dich natürlich. Wenn du auch nur einen Funken Verstand hättest, wärst du außer Landes. Die Bullen suchen dich.«

»Laß sie ruhig suchen. Bißchen Bewegung schadet ihnen nix. Die meisten Bullen sind nur deswegen solche Fettwänste, weil sie sich nicht genügend bewegen. Also sollen sie ruhig suchen. Und vergeude bloß nicht meine Zeit. Ich hab' nämlich nicht viel.«

»Die wissen, daß du Laura umgebracht hast.«

»Ach nee? Und denkst du, das nützt ihnen was?« Er lachte. »Denkst du, das nützt dir was?«

Ich gab ihm keine Antwort. Ich lehnte nur an der Wand und war schon zufrieden, daß ich wieder atmen konnte.

»Paß auf, Süßer, Du siehst nicht gerade aus, als könntest du noch viel einstecken. Und ich weiß ein paar Tricks, die dir an ganz neuen Stellen weh tun. Ich habe nicht viel Geduld; ich will von dir nichts anderes als Geld. So viel von Cora Browers Geld, wie du jetzt ranschaffen kannst.«

»Jetzt gleich?« Ich lachte ihn aus. »Gar keins.«

»Na schön. Dann besorgst du es morgen. Und schon bin ich weg und außer Landes – du siehst mich nie wieder.«

»Wieso glaubst du denn, daß ich an Coras Geld herankomme?«

»Wieso glaubst du denn, daß ich darüber mit dir diskutieren

werde? Cora ist das egal. Ich weiß das. Dort draußen in Kansas ist ihr das egal.«

Ich starrte ihn an. Laura hatte ihm alles erzählt. Er las meine Gedanken.

»Stimmt, sie hielt vor ihrem Lou nichts verborgen. Genau so wenig wie du, wenn du erst mal weißt, was ich mit deinen Nerven alles anstellen kann. Sie hat mir sogar erzählt, daß du mit Cora zusammen ein gemeinsames Konto hast.«

»Jetzt, wo Cora vermißt wird, brauche ich doch nur einen größeren Betrag abzuheben und habe die Bullen sofort auf dem Hals.«

»Ach, hör' doch auf zu phantasieren, Süßer. Außerdem ist es sowieso nur eine Frage der Zeit. Also benutze doch mal deinen Grips. Dir nützt das Geld sowieso nichts mehr, aber mir hilft es außer Landes. Normalerweise wäre ich jetzt gierig. Ich würde alles haben wollen. Aber wegen dem kleinen Vorfall mit Laura ist das jetzt alles anders, und es reicht mir, wenn du mir so viel gibst, daß ich vor den Bullen abhauen kann. Also hör' jetzt auf, mich hinzuhalten. Außer du willst Ärger. So hat's nämlich unsere kleine Laura auch gemacht. Hat versucht, mich hinzuhalten.«

Er versuchte zu lachen, aber in seinem Gesicht lief etwas ab, das kein Gelächter war. Seine Stimme blieb hart.

»Ich wollte, daß sie wieder hier 'raufkommt und dich so richtig ausnimmt und wir dann verduften. Aber sie wollte nicht. Willst du mal 'nen guten Witz hören, Süßer? Sie war in dich verknallt. Mein Gott, war die in dich verknallt!«

Das war Selbstquälerei, aber er konnte nicht mehr damit aufhören.

»Mensch, du hättest diese kleine Szene sehen sollen, als sie mir sagte, sie würde nichts gegen dich unternehmen, auch nicht für die ganze Kohle.« Er schüttelte den Kopf. »Sie hat sich verändert, seit sie für dich gearbeitet hat. War sich für Lou zu gut geworden – versuchte mich loszuwerden. Aber ich hätte sie nie getötet – bis sie es dann doch zu weit getrieben hat.«

Ich schaute ihn lange an. Ich sagte: »Ich tauge nichts, Recsetti. Vielleicht habe ich nie begriffen, was für ein Stück Dreck ich bin, bis Sie hier herein kamen. Ich brauche Sie nur anzuschauen und sehe, wie ich bin. Das gefällt mir nicht. Ich habe mich mit all meiner Schönrederei selber zum Narren gehalten, und dabei war ich die ganze Zeit genau so schmierig wie Sie. Aber jetzt reicht es. Sie haben Laura ermordet. Das ist Pech für Sie, denn ich werde Sie in den Knast bringen, wegen Laura.«

Er blieb stehen und sah mir zu. Ich schaffte es, mich gerade aufzurichten. Ich machte die sieben langen Schritte zum Telefon. Ich schwitzte.

»Rennen Sie los, Lou«, sagte ich. »Ich rufe jetzt die Bullen. Ich bin zu fertig, um davonzulaufen, zu fertig, um noch weiter zu kämpfen. Sie haben recht. Ich werde nicht mehr weit kommen. Aber Sie auch nicht.«

Er sprang durch die Türe und auf mich los. Er schlug mir mit der Faust den Telefonhörer aus der Hand. Er warf das Telefon vom Tisch.

Ich griff nach ihm. Er hatte die rechte Hand in der Tasche. Die packte ich. Darunter war eine Pistole.

Ich versuchte sie in seiner Tasche nach unten zu halten. Aber ich hatte nicht mehr genug Kraft. Seine Linke erwischte mich seitlich am Kopf und wirbelte mich herum.

Ich schloß die Finger um seine Schußhand und hielt fest. Ich stolperte, fiel von ihm weg und klammerte mich immer noch an diese Pistole. Ich hörte ein Geräusch wie von einem gedämpften Schuß.

Der Einschuß in der Nierengegend warf mich mit ausgestreckten Armen nach vorn, löste meinen Griff von Recsettis Tasche und zog mir die Beine unter dem Leib weg.

Ich nahm den kleinen Tisch mit. Ich schlug gegen die Wand und rutschte langsam daran hinunter.

Ich fiel auf die Knie und versuchte mich umzudrehen, aber vergeblich. Die Bewegung verursachte mir Schwindel, und ich fiel seitlich in mich zusammen. Allmählich erkannte ich undeutlich den Umriß von Recsetti, der dastand und auf mich herabschaute. Er sagte etwas, aber ich konnte es nicht verstehen. In meinen Ohren war nämlich ein schreckliches Dröhnen. Ich sagte mir immer wieder, ich müsse aufstehen, aber ich konnte meine Beine bewegen. In großer Entfernung hörte ich eine Türe zuschlagen.

Ich lag da und verfluchte mich. Nie schaffst du es, etwas von dem durchzuziehen, was du dir vornimmst. Du hattest vor, mit einem Mord durchzukommen und eine halbe Million Dollar einzustreichen, und du hast es nicht geschafft. Du hattest vor, Recsetti festzuhalten, weil er Laura umgebracht hat.

Ich versuchte mich zum Aufstehen zu zwingen, doch drang überhaupt kein Signal bis zu meinen Beinen durch. Ich konnte nur liegen bleiben und spüren, wie die Tränen in meinen Augen aufwallten und mir die Wangen hinab flossen.

Plötzlich ertönte etwas wie Donner in meinem Vorgarten. Aber das war kein Donner, dazu waren die Geräusche zu schnell, zu deutlich und zu nah.

Es waren Schüsse.

Ich versuchte zu lächeln. Recsetti hatte es erwischt, das stand fest.

## 21

Ich lag da und krümmte mich. Sterben? Ich? Eins kann ich sagen. Man stirbt nur, wenn man es nicht will.

Ich sah die Vordertüre aufgehen. Vom Fußboden aus hatte man eine seltsame Aussicht darauf. Erst sah ich Füße, dann Beine. Dann sah ich, daß es Polizisten waren und daß sie Recsettis kugeldurchsiebten Körper hereintrugen.

Frank Vanness sagte etwas zu ihnen, und sie ließen Recsettis Leiche fallen wie ein Stück Wild, das sie im Wald erlegt hatten.

Vanness kam die Diele entlang. Ich sah seine Beine sich bewegen, seine Füße. Er beugte sich neben mir nieder.

»Brower ist angeschossen worden«, sagte er. »Anscheinend ins Rückgrat. Ruft lieber mal einen Arzt.«

Na schön, dachte ich. Haltet mich nur am Leben. Päppelt mich schön auf, bis zum elektrischen Stuhl.

Ein paar Tage später stellte mir Dr. Ed Murray die Diagnose.

»Die Kugel hat Ihnen das Rückgrat zerschmettert, in der Nähe des Steißbeins«, sagte Ed. »Insofern hatten Sie Glück.«

»Natürlich.«

»Sie leben. Sie können nicht mehr laufen, Sie werden für den Rest Ihres Leben an einen Rollstuhl oder ans Bett gefesselt sein. Aber es gibt auch einen Ausgleich. Manches können Sie durchaus noch tun. Lesen. Sprechen. Nur laufen können Sie eben nie mehr.«

Frank Vanness strahlte. Er saß auf dem weißen Krankenhausstuhl neben meinem Bett.

»Wie ich Ihnen gesagt habe, Brower. Wir haben es aufgeklärt. Ganz und gar aufgeklärt. Wir hatten eine Nachricht bekommen, daß Recsetti hierher unterwegs war. Das schien zwar eigentlich unsinnig, aber wir stellten eine Falle. Ich dachte, er würde Sie zu irgend etwas benützen wollen und deswegen hierher kommen.«

Ich sagte nichts. Seit Recsetti mich angeschossen hatte, hatte ich tagelang gründlich über ihn nachgedacht, und über Laura und mich. Laura hatte etwas an sich, was auch immer das sein mochte, das die Männer, die sie liebten, um den Verstand brachte. Ich wußte ja, was sie mit mir gemacht hatte. Vielleicht hatte sie mit Lou dasselbe gemacht. Es muß ihn wahnsinnig gemacht haben, zu erfahren, daß sich seine Frau in mich verliebt hatte und ihn betrog. Und da war er hierher nach Summit gekommen.

Bei näherer Betrachtung schien es, als habe er mit mir genau das gemacht, was er wollte. Wenn er Geld von mir hätte bekommen können, hätte er es genommen, das war klar. Aber was hatte er sich da schon groß erhoffen können, wo er doch wußte, wie Coras Geld angelegt war? Ein paar Tausender im besten Fall. Das war nicht viel, wenn sein Leben auf dem Spiel stand. Doch an sein Leben hatte er gar nicht gedacht. Er wollte dem Kerl, der ihm Laura weggenommen hatte, eins verpassen.

Er hatte an kein Entkommen gedacht. In seiner wahnsinnigen Eifersucht hatte er Laura umgebracht, aber das war ihm nicht genug. Ich lebte noch, und er fand keine Ruhe, bis er auch die Rechnung mit mir beglichen hatte.

Und das hatte er nun wohl so ziemlich …

Vanness sagte: »Was halten Sie davon?«

»Wovon?«

»Haben Sie mir denn gar nicht zugehört?«

»Hätte ich sollen?«

»Hören Sie, Brower, ich wußte schon immer, daß ihr Anwälte

uns Polizisten für blöd haltet. Aber ich möchte Ihnen etwas sagen. Ohne diese ganze Arbeit, die ich in dem Fall getan habe, wären Sie jetzt schon auf dem Weg zum elektrischen Stuhl.«

Ich starrte ihn sprachlos an.

»Doch, doch«, sagte er, da er meinen Gesichtsausdruck mißverstand. »Zwar, Recsetti wurde bei seinem Fluchtversuch aus Ihrem Haus erschossen, also kann er nicht mehr gestehen. Wir müssen uns seine Geschichte so zusammenbauen, wie sie gewesen sein muß. Doch es gibt da eine ganze Menge verrückter Unstimmigkeiten, und manche Leute waren scharf drauf, Sie als den Mörder hinzustellen.«

»Aber Sie nicht?«

»Ich nicht. Ich glaube, Sie sind zwar dumm genug, um hinter den Weibern her zu sein, aber doch nicht so dumm, daß Sie morden würden. Aber die Sache hatte einen Haken: wenn Lou der Mörder war, gab es zu viele ungeklärte Gesichtspunkte. Doch am Ende überzeugte ich alle, daß er eine Art Erpressung geplant hatte, nachdem er Ihre Frau ermordet hatte –«

»Meine Frau ermordet hatte?«

»Ja, diesen Punkt haben wir geklärt. Mrs. Brower wurde ermordet und auf einem Weizenfeld in Kansas zurückgelassen. Und das ist eigentlich genau die Tat, wie Recsetti sie verüben würde. Eins muß man ihm lassen, zum Teil war er ganz schön clever. Ein Nummernschild von einem Auto aus Indiana, das er von einem Auto in Florida abmontierte. Das paßt, er war da unten. Ein gestohlenes Auto, das er von seinen kriminellen Freunden hatte. Mit denen war etwas gelaufen, irgend so etwas, wie es nur unter Kriminellen laufen kann. Es gab nämlich keine Möglichkeit, das Auto zu identifizieren. *Absolut* keine Möglichkeit. Das FBI versuchte all seine Testmethoden, Straßenschmutz, Belag, Fingerabdrücke, nichts funktionierte. Ihre Frau und dieses Auto schienen nirgendwo hinzugehören. In ihrer Verzweiflung haben sie sogar das Kühlwasser getestet.«

»Wozu?«

»Wegen mineralischer Ablagerungen. Sie haben herausgefunden, daß dieses Auto kein bißchen Wasser verbraucht hat, das heißt, daß es nie kochte und kühl gehalten wurde. Deshalb nahmen die Chemiker an, daß sich die Chemikalien nicht abgeschieden hatten. Wie man mir erklärt hat, ist Wasser aus Florida ganz anders als Wasser aus North Carolina, und im New Yorker Wasser sind etliche Mineralien vorhanden, die sich in Wasser aus Chicago nicht finden. Jedenfalls hofften sie damit zumindest die Gegend in etwa ermitteln zu können. Dann wollten sie Fotos von Cora dorthin schicken. Vielleicht würden sie einen Treffer landen. Mit allen anderen Möglichkeiten waren sie schon gescheitert.

Aber die Mineralien hatten sich doch abgelagert. Jedenfalls einige. Die Chemiker machten mehrere Versuche, waren sich aber nicht sicher. Aber dann fanden sie etwas.«

Ich sah ihn nur an und sagte kein Wort.

»Das Zeug, das in den Kühler geschüttet worden war, um sicher zu stellen, daß der kein Wasser verlor – wissen Sie was? Das wird hier in der Gegend hergestellt. Das Gewerbeamt hat dem Hersteller noch nicht erlaubt, es auszuführen, deswegen verkauft er es, um irgendwie zu überleben, an Autoschieber, die damit Autowracks wieder auf Vordermann bringen. Als wir also gerade vorhatten, Coras Bild überall hin zu schicken, bekamen wir es selber zugeschickt.«

»Und Sie wissen, daß das Recsetti war?«

»Es paßt alles zusammen. Und das tut es bei keiner anderen Version. Jedenfalls nicht in meinen Augen. Egal, was man über Sie gesagt hat. Ich nehme an, Sie waren hinter der kleinen Haines her. Sie haben viele sehr merkwürdige Sachen gemacht – aber die paßten alle nicht zu Mord. Nicht so richtig.«

»Hat Victoria ausgesagt, daß ich dieses Wochenende mit ihr verbracht habe?«

»Also, das war wirklich eine komische Geschichte. Als ich das erste Mal mit ihr gesprochen habe, sagte sie, Sie seien nicht mit ihr zusammen gewesen. Ich kann Ihnen sagen, es sah ziemlich schlecht für Sie aus.«

»Aber dann hat sie es sich anders überlegt?«

Er biß die Zähne zusammen. »Ich habe Ihnen doch gesagt, daß ich die Wahrheit herausfinden würde, nicht wahr? Ich weiß, wie man Frauen behandeln muß. Als erstes fand ich heraus, daß Sie weder Ihre Frau noch diese Recsetti ermordet hatten. Dann nahm ich mir nochmal diese Haines vor. Sie änderte ihre Aussage. Sieht so aus, als habe sie nur ihren guten Ruf schützen wollen – das waren ihre Worte. Sie wollte nicht in der Zeitung stehen, daß sie mit Ihnen in Barrington Springs war. Aber ich sagte ihr, daß Sie auf den elektrischen Stuhl kämen, falls sie nicht die Wahrheit sagte. Ich erklärte ihr, warum ich mir sicher war, daß Sie Ihre Frau nicht ermordet hatten – und da brach sie zusammen und erzählte mir, daß Sie von Samstag bis Montag früh mit ihr zusammen waren.«

Eigentlich hätte es mir jetzt besser gehen müssen. Das war aber nicht der Fall. Ich fragte ihn nicht, was ihm endgültig bewiesen hatte, daß ich unschuldig war. Ich hätte es zwar brennend gerne gewußt, aber so klug war ich doch, daß ich nicht danach fragte.

Vanness nickte. »Sie hätten sich einigen Ärger ersparen können, wenn Sie offen geredet hätten. Ich mußte es erst von Ihrer Nachbarin erfahren.«

»Von Edie?«

»Genau. Von Mrs. Myers. Das war nämlich einer der Gründe, warum sie so sicher war, daß Cora nicht nach Florida gegangen sein konnte. An dem letzten Abend, an dem Mrs. Myers sie sah, erzählte sie ihr, daß sie ihr Testament ändern wolle, und Mrs. Myers sagt, daß sie es dann doch nicht mehr getan habe, nicht mehr dazu gekommen sei. Sie mußten es gewußt haben, aber Sie sagten uns nicht, daß Ihre Frau ihr Testament geändert hatte, als Sie anfingen, mit Victoria Haines herumzuziehen.«

Ich schloß die Augen. Sicher. Das war ganz Cora. Hatte Angst davor, daß ihr etwas passieren könnte und ich dann eine halbe Million Dollar einsacken würde. Das paßte zu ihrem Charakter. Ich hörte sie förmlich zu Edie Myers sagen, daß diese Haines ihr Geld ganz bestimmt niemals in die Hände bekommen solle.

Vanness sagte: »Sie wußten ja, daß Ihre Frau ihr ganzes Geld wohltätigen Einrichtungen vermacht hatte. Deshalb war ich mir sicher, daß Sie es nicht getan hatten. Sie hatten einfach kein Motiv.«

An diesem Abend um acht kam Victoria. Sie brachte mir Blumen. Zusammen mit ihrem Parfum wurde daraus ein unerträglicher Geruch.

»Ich hoffe, wir werden nicht allzu lange warten müssen, Liebling«, sagte Victoria, und ihre Stimme war wie eine stumpfe Messerspitze.

»Warten? Worauf?«

»Daß wir heiraten können, Liebling. Ich könnte sonst ungeduldig werden.«

Ich versuchte zu lachen. »Würdest du deine Aussage wohl noch einmal ändern?«

Sie zuckte mit den Schultern. »Ich könnte vielleicht etwas hinzufügen. Schließlich weiß ich noch viel mehr. Ich weiß, daß du gesagt hast, Cora werde dich verlassen – und an dem selben Abend erzählte sie allen Leuten, ihr beide würdet auf eine zweite Hochzeitsreise gehen. Wenn ich das erzählen würde, Liebling, geht alles wieder von vorne los, nur glaube ich, daß es diesmal ganz anders ausgehen würde.«

»Warum willst du ausgerechnet mich?« Im Innern winselte ich vor Verzweiflung. »Du weißt alles über mich. Du weißt, was ich bin. Du weißt bestimmt auch, daß Coras Geld für wohltätige Zwecke bestimmt ist und ich nichts dagegen tun kann. Schau doch nur, was von mir noch übrig ist.«

Sie lächelte und beugte sich vor. Ich blähte die Nasenflügel auf. »Ach, so schlecht steht's um dich eigentlich gar nicht. Ich habe mit Dr. Murray gesprochen, Liebling. Bevor ich meine Aussage für Vanness geändert habe, wollte ich mich erst vergewissern, daß du auch in Ordnung bist. Du wirst zwar immer im Bett liegen, aber etwas Besseres könnte ich mir gar nicht wünschen. Da habe ich dich am liebsten. Ich werde immer wissen, wo du gerade bist. Du wirst nicht hinausgehen und dich herumtreiben können. Und was das Geld betrifft – das von Cora brauchen wir doch gar nicht, Liebling. Ich habe zwar nicht so viel wie sie, aber die Abfindung, die du mir von Chet erstritten hast, wird uns einen angemessenen Lebensstil ermöglichen. So viel brauchen wir ja schließlich gar nicht, mein Liebling. Wir haben ja uns.«

Ich versuchte mir einzureden, daß ich mich daran gewöhnen würde.

Aber als Victoria und ich geheiratet hatten, fühlte ich mich bereits nach einer Woche so wie damals, als die Gangster mich derartig hergenommen hatten, daß ich nicht mehr atmen konnte. Ohne etwas frische Luft konnte ich nicht leben. Aber egal, was ich in Victorias Haus machte, hier gab es nichts als dieses erstickende Parfum. Es war überall.

Ich rollte mich ins Bad. Hier war der Duft noch stärker, aber ich würde nicht lange brauchen. Ich zog mich hoch und erwischte eine Packung Rasierklingen. Gerade als ich auf meine Handgelenke loshackte, kam Victoria hereingerannt und schlug sie mir aus der Hand. Ich lehnte den Kopf zurück und rang nach frischer Luft.

»Schon gut, Liebling.« Sie rollte mich wieder in dieses mit Rüschen überladene Schlafzimmer, in dem die Vorhänge, die Bilder, einfach alle Gegenstände weiblich und zierlich und duftdurchtränkt waren. »Ich weiß, daß du dir verraten und verkauft vorkommst, daß du denkst, dein Leben sei vorüber, nur weil du nicht mehr aufstehen und laufen kannst. Aber das brauchst du nicht. Wir sind doch zusammen, Liebling. Für immer. Ich bin bei dir, ich kümmere mich um dich. Komm, Liebling, laß mich dich lieben – da wirst du froh sein, daß du noch lebst.«

An diesem Tag kaufte sie einen elektrischen Rasierapparat. Seitdem paßt sie sehr gut auf mich auf. Sie tut zwar so, als stimmte das nicht, aber sie läßt mich nie aus den Augen, läßt mich nie so weit weg, daß ich auch nur einen einzigen tiefen Atemzug frische Luft schöpfen könnte.

Jetzt lebe ich nur noch für den Augenblick, an dem sie nachlässig wird. Sie wird irgendwann vergessen, mich zu beobachten, und ich werde es irgendwie schaffen, mich umzubringen. Irgend eine Möglichkeit muß es doch geben. Ich kann in diesem Schlafzimmer nicht mehr atmen, und sie läßt mich nicht allein hinaus.

Ich denke an Recsetti, und mir wird klar, daß er Glück gehabt hat. Er bezahlte schnell für seine Verbrechen. Er hat's hinter sich. Aber ich? Ich büße Minute für Minute. Ich bin wahrscheinlich der einzige Mensch, der sich jemals nach dem elektrischen Stuhl gesehnt hat. Jeden Tag wache ich auf und zahle wieder ein bißchen ab, nur zahle ich immer weiter, und es hört nie auf, nicht einmal für einen Augenblick.

Sie kommt zu mir und schlingt die Arme um mich, und sie wird es nie müde. Es gibt keine Möglichkeit, ihr zu entkommen. Sie bleibt bei mir, und nichts entmutigt sie. Sie erfindet hundert neue Varianten, mich zu erregen, wie sie es nennt.

Eines immerhin. Ich kann schlafen. Atmen kann ich nicht, aber schlafen. Manchmal träume ich von Cora, aber es ist nicht so schlimm. Ich wache jetzt nicht mehr schreiend auf, wenn ich von Cora träume.

Nein. Ich nicht. Ich wache nicht mehr schreiend auf.

Bei mir ist das ein bißchen anders. Tief in meinem Innern, so daß Victoria mich nicht hören kann, schreie ich mich in den Schlaf.

## Ich kann mich gut erinnern

### Nachwort von Harry Whittington

Mein Leben als Schriftsteller war wie ein Trompetenstoß. Mit allen Katastrophen, Einschnitten, Frustrationen und Stürzen, die man sich nur denken kann. Ich bin zu Höhen aufgestiegen, von denen ich nie geträumt hätte, und in Tiefen abgestürzt, die ich meinem schlimmsten Feind nicht wünschen würde. Und ich habe überlebt. Vielleicht liegt es einfach nur daran, daß ich schnell vergesse und leicht vergebe.

Wenn ich so zurückblicke, finde ich es vielleicht gar nicht so fürchterlich überspannt. Am Anfang sah alles ganz wunderbar aus: Ich konnte genau das tun, was ich am liebsten tat, konnte leben, wie ich wollte, hatte ein wunderschönes Leben und wurde auch noch dafür bezahlt. Ich arbeitete sehr viel; niemand kann in zwanzig Jahren über 150 Romane schreiben und verkaufen, wenn er das nicht tut, aber ich liebte meine Arbeit. Bei jedem einzelnen meiner veröffentlichten Bücher gab ich wirklich mein Bestes, schon aus dem einem Grund: Ich hätte sonst nicht gewußt, wie ich das, was ich schrieb, verkaufen sollte.

Bei den Schriftstellern habe ich wunderbare Menschen kennengelernt. Ein paar Jahre lang lebte ich in loser Gemeinschaft mit echten und arbeitsbesessenen Autoren: Day Keene, Gil Brewer, Bill Brannon, Talmage Powell, Robert Turner, Fred C. Davis. In Hollywood bin ich befreundet mit Sid Fleischman und Mauri Grashin, so wie früher mit Fred C. Fox und Elwood Ullman. Und brieflich mit Frank Gruber, Carl Hodges und Milt Ozaki. Der Tod hat in diese tapfere Gemeinschaft Breschen geschlagen – Gruber, Fox, Hodges, Ullman, Keene, Gil Brewer, Brannon, Fred Davis – alle tot. Talmage

Powells unnachahmliche Geschichten erscheinen in Anthologien und Zeitschriften, und was das Schreiben betrifft, wie ich es in den wilden und wunderbaren fünfziger Jahren pflegte, als wir alle noch jung und hübsch waren, so bleibe ich dabei.

Die fünfziger Jahre. Die verzauberten Jahre. Zeiten des Wandels. Zeiten der Krise. Das Ende der Pulp-Magazine und die Geburt des Taschenbuchs als Originalausgabe. In den letzten Jahren haben Kritiker wie Bill Pronzini, Christopher Geist, Michael Barson und Bill Crider mich freundlicherweise den ›König der Taschenbuchpioniere‹ genannt. Ich habe damals nicht erkannt, daß ich ein Pionier war, und ich war ganz bestimmt nicht darauf aus, der ›König‹ von irgend etwas zu sein. Ich brauchte einen Markt, der schnell reagierte und schnell bezahlte, und den bot mir der Taschenbuchhandel. Ich schrieb acht, zehn, zwölf Stunden pro Tag. Taschenbuchverleger kauften schnell und zahlten schnell. Wir ergänzten einander wunderbar.

Daß ich mehr als fast jeder andere schrieb und verkaufte, lag daran, daß ich am Rande des Ruins stand und daß ich naiv war.

James Cagney sagte einmal: »Die naiven Menschen sind es, aus denen die wahren Künstler werden. Erstens müssen sie so naiv sein, daß sie an sich selber glauben. Dann müssen sie auch noch so naiv sein, daß sie es trotz aller Entmutigungen und Widrigkeiten weiter versuchen und dabei ihr Talent benutzen. Und auf Rückschläge nicht achten, ja, einen Rückschlag nicht einmal als solchen erkennen, wenn er sie trifft. An Geld denken sie dabei überhaupt nicht.«

Ich dachte schon an Geld. Ich hätte niemals gewagt, hauptberuflich Schriftsteller zu werden, wenn ich in den vierziger Jahren gewußt hätte, daß all die von den Kritikern gefeierten ›Autoren‹, die ich von ferne bewunderte, tagsüber College-Professoren, Werbeleute, Rechtsanwälte, Reporter, Hundefänger oder Politiker waren. Weniger als 500 Menschen in den gesamten USA leben hauptberuflich als freischaffende Schriftsteller. Seit 1948 existiere ich ungesichert als einer dieser vom Glück begünstigten Fünfhundert. Ich bleibe dabei.

Denn 1948, da fiel mir nichts Besseres ein, als meine Verwaltungslaufbahn aufzugeben und in voller Montur ins Wasser zu springen, in das sich nicht einmal Verrückte mehr als knietief hineinwagten. Ich hatte eine Frau, zwei Kinder und im Nacken etliche Gläubiger, die mich nicht aus den Augen ließen. Mir blieb gar nichts anderes übrig, als zu schreiben und zu verkaufen.

Genau zu diesem Zeitpunkt wurde die gesamte Buchwelt von der Fawcett Verlagsgesellschaft auf den Kopf gestellt. Als die nämlich einen Lizenzgeber für Taschenbuchnachdrucke verloren, beschlossen sie, etwas Unerhörtes, etwas Wahnsinniges zu tun. Sie brachten Originalromane zu 25 Cent das Stück heraus. Auflagenhöhe pro Titel: 250 000. Die Autoren wurden nicht nach Tantiemen, sondern pauschal nach Auflagenhöhe bezahlt. Die Übersetzungsrechte ebenso wie die Film- und Fernsehrechte blieben beim Autor. Das war Wahnsinn. Das waren genau meine Leute. Bill Lengel, Dick Carroll und später Walter Fultz. Prächtige Männer. Ein unwahrscheinlich toller Verlag.

Nachdem das Eis einmal gebrochen war, kamen Jim Quinn bei HandiBooks; Graphic, Mauri Latzen bei Star, und Avon dazu – lauter Verlage, die das Geld schnell überwiesen. Ich schrieb und sie kauften. Einmal schrieb mir Sid Fleischman aus Santa Monica: »Komme gerade von den Zeitungsständen in der Stadt. Mein Gott, Harry, du hast die Kioske übernommen.«

Das stimmte nicht. Es sah nur so aus.

Es war nicht immer einfach, nicht immer nur Friede, Freude, Eierkuchen. Da gab es auch harte Zeiten. Soll ich sagen, wem ich zu Dank verpflichtet bin?

Ich kam zum Schreiben, weil ich die Wörter liebte. Trotzdem brauchte ich mindestens 13 Jahre, ehe ich eine Geschichte richtig aufbauen konnte.

Während der gesamten dreißiger Jahre bewunderte ich leidenschaftlich die Bücher von Scott Fitzgerald, den damals fast alle vergessen hatten oder, falls nicht, doch für tot hielten, gestorben 1929, als auch der Wohlstand starb. Ich konnte es mir nicht leisten, den GROSSEN GATSBY zu kaufen, also lieh ich ihn mir immer wieder aus der Stadtbibliothek. Ich durchstöberte Antiquariate auf der Suche nach alten Zeitschriften, in denen Fitzgerald vielleicht veröffentlicht hatte.

Ich lernte ein Mädchen kennen, das mir – zu einem höllischen Preis in der tiefsten Wirtschaftskrise, da sie vergriffen waren – alle Bücher Fitzgeralds kaufte. Ich war von Dankbarkeit, Freude und Jubel so überwältigt, daß ich sie heiratete. Ich habe sie heute noch, und die Bücher auch.

Ich schrieb über sieben Jahre lang ununterbrochen und ganz ernsthaft, bevor ich zum ersten Mal etwas verkaufte. Am 12. Juni 1943 verkaufte ich eine ganz ganz kurze Geschichte für 15 Dollar an United Features. In den nächsten paar Jahren verkaufte ich an sie ungefähr 25 weitere 1000-Wörter-Geschichten, aber erst nochmals fünf Jahre später konnte ich regelmäßig verkaufen. Während der Zeit arbeitete ich mehr als zwei Jahre lang mit einem selbstlosen, geduldigen Herausgeber bei Doubleday an einem Buch, das sie schließlich ablehnten. Genau zu diesem Zeitpunkt, am 10. Juli 1946, kaufte Phoenix Press meinen ersten Western, VENGEANCE VALLEY.

Mit der staatlichen Berechtigung zum Studium, die ich als Kriegsveteran hatte, studierte ich Literatur. Plötzlich fiel es mir wie Schuppen von den Augen. Ich verstand, was ein Handlungsverlauf war, ein Gefühlsausdruck, oder die Struktur einer Geschichte. Ich brauchte 15 Jahre, bis ich es gelernt hatte, aber dann wußte ich es. Ich konnte eine Handlung aufbauen – vorwärts, rückwärts, rauf und runter. Es war, als sei ich im Halbschlaf gelegen und dann plötzlich aufgewacht. Nie mehr wäre ich verlegen um die Idee für eine Handlung oder die Abfolge einer Geschichte. Von dem Augenblick an, wo ich gelernt hatte, einen Handlungsstrang aufzubauen, stürmten die Ideen nur so auf mich ein und versuchten lauthals und mit allen Mitteln meine Aufmerksamkeit zu erregen. Während der folgenden 20 Jahre verkaufte ich jede Zeile, die ich schrieb. Ich genoß es, Cadillacs zu besitzen, teure Parfums, Kaschmir, Hickey-Freeman-Jacketts, und Auftragshonorare zu bekommen, die man kaum glauben kann.

Ich schrieb Krimis, moderne Romanzen, Western und Heimatromane. Leute, die sich über solche Dinge zu wundern pflegen, haben sich gewundert, wie ich mit solcher Leichtigkeit zwischen diesen unterschiedlichen Genres hin und her wechseln konnte.

Ganz einfach. Ich konnte Heimatromane schreiben, weil ich aus Mittel-Florida stammte, zu einer Zeit, als das noch echtes Kinnan-Rawlings-Gebiet war. Ich konnte Viehzüchter-Sagas schreiben, weil ich meine Jugend auf einer Farm mit Kühen verbracht hatte. Wir besaßen zwar nicht einmal hundert, aber wenn man eine Kuh kennt, kennt man alle. Wenn man per Hand Wasser aus einem dreißig Meter tiefen Brunnen in die 40-Liter-Becken gepumpt hat, um ihre Bäuche zu füllen, weiß man sogar mehr, als man unbedingt wissen müßte. Ich ritt, normalerweise ohne Sattel. Wenn ich stürzte, was mir häufig passierte, so ungesichert und schnell, wie ich ritt, blieb dieses wunderbare Pferd wie angewurzelt stehen und stand still, bis ich wieder hinaufgeklettert war. Ich brauchte keine tausend Pferde zu kennen, es genügte, dieses eine zu lieben.

Ich schrieb keine Western über »Cowboys« oder Indianer oder Banditen, die Überfälle machten. Ich schrieb über Menschen in einem rauhen, zerklüfteten Land, die liebten, haßten, Angst hatten und einen Mord für das hielten, was er war – Mord eben. Ihnen wurde schon schlecht, wenn sie nur daran dachten, einen Revolver benutzen zu müssen. Und sie benutzten ihn, wie wir alle ihn in derselben Situation benutzen würden – als allerletzte Rettung.

In den Fünfzigern sprach man viel von Schriftstellern, die in ihren Spannungsromanen »lebten«. Diese Art von Krimis schrieb ich ohnehin nicht. Ich schrieb über *Menschen*, ihr Inneres, ihre Sehnsüchte und Ängste und Freuden über Erreichtes oder Verlorenes. Ich schrieb über Liebe, die glühend war und alle Hindernisse überwand, denn damals war ich dumm genug, zu glauben – und das tue ich auch heute noch –, daß wahre Liebe bestehen bleibt und sich auch dann nicht ändert, wenn sich alles um sie herum verändert. Sie hängt vielleicht manchmal ein wenig durch, aber sie geht auch dann nicht zu Grunde, wenn einer der Partner es für richtig hält, zu gehen.

Wenn eine Figur große Schmerzen hatte, schrieb ich so, daß man *spürte*, wie sehr sie litt. Ich wußte Bescheid über seelische Schmerzen, die ja die schlimmsten sind, aber auch über körperliche. Ich wurde zweimal in Schlägereien verwickelt. In einer bekam ich die Vorderzähne ausgeschlagen. In der anderen wurden mir, nachdem ich schon fertig gemacht war, brutal die Schläfen bearbeitet, mit Fäusten, bei denen die dritten Knöchel wie Knoten herausstanden. Wenn ich über Schmerz schrieb, wußte ich, wovon ich sprach. Man muß ja nicht im Feuer umkommen, um real über Brandstiftung schreiben zu können.

Wie ich dazu gekommen bin, Kriminalromane und Thriller zu schreiben, ist eine andere Geschichte. Bill Brannon in Chicago sagte mir eines Tages, er könne alle kurzen Kriminalromane – mit ungefähr 10 000 Wörtern – verkaufen, die ich schreiben könne.

Da ich nur sein wollte wie Scott Fitzgerald, mit einem Touch des sardonischen Maugham und dem Humor von J. P. McEvoy, sagte ich zu Bill, daß ich Krimis haßte, selber nie welche las und bestimmt auch keine schreiben könne. Aber als ich das sagte, befand ich mich gerade in Chicago auf einer Konferenz von Schriftstellern.

Ohne die leiseste Vorstellung davon, welche höllischen Scherze die Vorsehung noch für mich bereit hielt, nahm ich den Bus von Chicago nach Hause – 36 Stunden Fahrt, die ich verdösen konnte. Ich wurde von einer Dame ans Fenster gequetscht, die wie ein Riesen-Sonderangebot von Nell Carter aussah. Um ihr wenigstens innerlich zu entkommen, dachte sich mein Hirn die allererste Kriminalnovelle aus, an der ich mich je versucht hatte. Ich kam an einem Montag nach Hause, schrieb die Geschichte in der Nacht nieder und schickte sie Bill am nächsten Tag. Am Freitag bekam ich vom King Features Syndicate einen Scheck über 250 Dollar. Und mehr als zwanzig Jahre lang erhielt ich dann von King Features kleinere Schecks mit den Tantiemen für die 30 Novellen oder Kurzromane, die ich von 1949 an für sie schrieb.

Mein Weg war mir vorgezeichnet. Frederic Pohl, der damals Agent war, verkaufte meinen ersten Western-Kurzroman, FIND THIS MAN WITH BULLETS, an Mammoth Western. Bill Brannon verkaufte meinen Kriminalroman SLAY RIDE FOR A LADY an Jim

Quinn von HandiBooks. Ich war auf dem Weg. Ich hatte zwar überhaupt noch keinen Namen, aber das machte mir nichts aus, dazu hatte ich zu viel Arbeit und zu viel Spaß. Wer meine Bücher las, sagte, ich sei ein guter Schriftsteller, ein verdammt guter Schriftsteller. Was hätte man dagegen einzuwenden haben können?

In der *New York Times* stand am 18. Juli 1954: »Whittington bringt den besten puren Erzählstil seit der ganz großen Zeit der Groschenromane, in denen noch kein Sex vorkam ... YOU'LL DIE NEXT* ist ein sehr kurzer Roman, was aber gar nicht schadet. Ich hätte sowieso nicht mehr länger den Atem anhalten können bei dieser eindringlichen Verfolgungsgeschichte, deren *Handlung* so kunstvoll verwoben ist, daß man sie in einer Buchkritik gar nicht näher ausführen kann.«

Mensch, ich konnte also eine *Handlung* aufbauen!

Im *Ellery Queen Mystery Magazine* (Edition Paris) stand 1958: »MAN IN SHADOW – Whittingtons Stil ist ungewöhnlich knapp und klar – es muß für den Übersetzer schwierig gewesen sein, den französischen Lesern seinen Tonfall zu vermitteln. Aber das Buch ist in seiner Wirkung so eindrucksvoll und handwerklich so sauber, daß man sich mit den Figuren sofort identifiziert, mit ihren Ängsten, ihrem Zorn, ihrer Empörung und ihrem Aufbegehren gegen die Ungerechtigkeit, und deshalb können wir es Ihnen uneingeschränkt empfehlen.«

Und *Le Monde*, die größte Tageszeitung von Paris, schrieb 1957: »Mit diesem Roman, FRENZIE PASTORALE (*Desire in the Dust*), der sich ohne weiteres mit den besten von Erskine Caldwell vergleichen läßt, behauptet sich Whittington als einer der größten unter

* *Du bist als nächster dran*, DUMONT NOIR 12

den amerikanischen Romanciers.« Man kann sich vorstellen, wie tief ich errötet bin.

Am 4. November 1955 stand in der *New York Times*: »THE HUMMING BOX erweist sich Whittington wieder einmal als einer der wendigsten und fähigsten Schöpfer zeitgenössischer Prosa – in knappem Erzählstil, erinnert an die besten Werke des frühen James M. Cain.«

»SADDLE THE STORM gehört zu den sechs besten Western des Jahres«, schrieb die *Saturday Review of Literature*, und die *Western Writers of America* ernannten SADDLE THE STORM zur Nummer 1 der zehn besten Western-Taschenbücher des Jahres 1954.

Fünfzehn von meinen Romanen wurden an Filmgesellschaften verkauft. Drei Fernsehserien basierten auf Büchern von mir.

Ich lebte großartig. Als einer der ganz wenigen, die genau das taten, was sie wollten. 1957 beauftragte mich Warner Brothers, ein Drehbuch zu meinem Western TROUBLE RIDES TALL zu schreiben, für einen Film mit Gary Cooper in der Hauptrolle. Aber es gelang mir keine Drehbuchfassung, die sie aufregend genug gefunden hätten. Schließlich wurde meine Option fallengelassen, und aus dem Filmprojekt wurde LAWMAN, eine Fernsehserie mit John Russell und Peter Brown in den Hauptrollen, die über fünf Jahre lang lief.

In Hollywood hatte ich mich mit dem Film-Virus angesteckt. Ich kehrte nach Florida zurück und schrieb einen Horrorfilm, den ich selbst produzierte und bei dem ich auch Regie führte – FACE OF THE PHANTOM – den ich aber an keinen Filmvertrieb verkaufen konnte.

Während der nächsten 8 Jahre schaffte ich es nicht, so viel zu schreiben und zu verkaufen, daß ich mich vor meinen hinter mir her hechelnden Gläubigern hätte retten können. Mein Agent beschloß, mich nur noch Sachbücher schreiben zu lassen – wie »So verdiente ich eine Million durch Grundstücksspekulation in Florida«- obwohl ich davon nichts verstand und mich auch nicht dafür interessierte. Die nächsten fünf Romane, die ich ihm vorlegte, lehnte er rundweg ab, als ich sie dann aber selbst verkaufte, verlangte er seine 10 Prozent, weil die Bücher mal auf seinem Schreibtisch gelegen hatten. Er schrieb sogar an Verleger und drohte mit Klage, falls sie von mir etwas direkt kauften, ohne ihn zu berücksichtigen. Ich ging vor Gericht, und 6 Monate später war ich ihn los. Aber ich mußte unter dem Namen meiner Frau ›wahre Bekenntnisse‹ für Frauenzeitschriften schreiben, damit mein Sohn während dieses langen Kampfes auf dem College bleiben konnte.

1964 unterschrieb ich in einem Vertrag, daß ich einem Verleger jeden Monat einen Roman von 60 000 Wörtern vorlegen würde, für ein Hauspseudonym, unter dem verschiedene Autoren schrieben. Ich bekam dafür 1000 Dollar. An jedem Ersten des Monats. 39 Monate lang schrieb ich jeden Monat einen solchen Roman. Gleichzeitig schrieb ich unter dem Namen Robert Hart Davis mehrere Romane mit 30 000 Wörtern für *Man from Uncle*-Magazin. Bei Gold Medal gingen seltsame Dinge vor. Walter Fultz meldete sich mit der großartigen Nachricht, daß mein Roman DON'T SPEAK TO STRANGE GIRLS bei der ersten Abrechnung bereits zu 85 % verkauft gewesen sei und mit Sicherheit schnell weitere Auflagen erleben werde. Aber im Gegenteil, nichts dergleichen geschah, sondern Fawcett, der Verlag, der seit 1950 für mich praktisch Familie war, lehnte plötzlich alles ab, was ich hinschickte. Walter Fultz schrieb sogar einen netten Brief und entschuldigte sich. Das nächste, was Fawcett von mir veröffentlichte, war die Romanfassung zum Film DER FALL DES RÖMISCHEN REICHES, für die ich »der einzige Schriftsteller, der das schaffen konnte«, war.

DESERT STAKEOUT erreichte sechs Auflagen bei Gold Medal, als sie wieder mit mir zusammenarbeiteten. *Charro* erlebte fünf Auflagen.

Daß ich jeden Monat einen Roman schreiben mußte, zusätzlich zu all den anderen Sachen, die ich zu schreiben versuchte, und zu meiner ganzen Anspannung und meinen Schulden, das erschöpfte mich. Seelisch. Geistig. Körperlich. Ich weinte schon beim Wetterbericht. Doch da kam der *coup de grâce*. Mein neuer Agent verschaffte mir den Auftrag, einen eigenständigen Roman zu schreiben, unter Benutzung der Figuren aus der Fernsehserie MAN FROM UNCLE. Der Verleger hatte 30 Romane von mir herausgebracht und sagte, das habe sich sehr gelohnt. Normalerweise rechnete ich mit ihm immer über Tantiemen ab. Jetzt wollte er mir für alle Rechte insgesamt 1500 Dollar zahlen.

Was zum Teufel war eigentlich mit mir los? War ich denn nicht mehr der Schriftsteller, der 20 Jahre lang immer nur sein Bestes gegeben hatte? Der Agent riet mir, das Angebot anzunehmen. Aber er und der Verleger wußten etwas, was ich nicht wußte. Mike Avallone hatte den ersten MAN FROM UNCLE-Roman geschrieben. Davon waren mindestens eine Million Exemplare verkauft worden, und Mike schäumte vor Wut.

Jetzt war also ich dran. Ich unterschrieb den Vertrag. Ich schrieb das Buch. Ich sah es *ein volles Jahr lang* auf der Bestsellerliste für Taschenbücher in der *Chicago Tribune*, und ich, der ich wirklich bis zum Hals in Schulden steckte, verdiente ganze 1500 Dollar an einem Buch, das mit Leichtigkeit alle meine Schulden getilgt hätte, und nicht nur das.

Ich wollte trotzdem weitermachen, wollte auf Rückschläge gar nicht achten, über Entmutigung und Betrug hinwegsehen. Das wollte ich wirklich aus ganzer Seele. Aber ich war zu müde, zu enttäuscht, zu erschöpft.

Und deshalb machte ich vor lauter Unglück den Laden dicht. Ich schrieb immer noch leidenschaftlich gerne, aber das war niemandem auch nur einen Pfifferling wert, es wollte mich niemand mehr haben. Ich dachte mir, daß ich, wenn ich jetzt schon einem meiner beständigsten Verleger weniger als nichts bedeutete, wirklich an einem Tiefpunkt angelangt war. Auf undurchschaubaren Wegen war es mit mir dahin gekommen, daß Agent und Verleger sich verschworen hatten, mich auszubeuten und mir nur so viel zu zahlen, wie der Fiskus ihnen ohnehin abverlangt hätte.

Ich warf alle unverkauften Manuskripte weg, meine Bücher lagerte ich ein. Ich machte Schluß. Ich bewarb mich bei der amerikanischen Landwirtschaftsbehörde um eine Anstellung und wurde bei der ländlichen Elektrizitätsverwaltung angestellt.

Ich hatte den Tiefpunkt erreicht, wo mir das Schreiben keine Freude mehr machte, wo ich nicht mehr weiterarbeiten wollte. Keiner der Schriftsteller meiner Zeit kannte sich besser mit dem Aufbau einer Geschichte aus als ich. Fünfzehn Jahre hatte ich gebraucht, bis ich es konnte. Zwanzig Jahre lang hatte ich es ausgeübt. Ich war ein verdammt guter Schriftsteller. Ich wußte, wie eine Szene echt wirkte, wie ein Herz gebrochen und ein Leser bewegt werden konnte. Aber ich wußte auch, daß das kein Aas interessierte.

Sieben Jahre lang arbeitete ich für die Regierung. In diesen sieben Jahren verkaufte ich tatsächlich drei Bücher, denn ich fühlte mich *schuldig*, wenn ich nicht an meiner Schreibmaschine saß. Denn was war ich denn sonst? Was konnte ich anderes?

1974 bekam meine Frau – dasselbe Mädchen, das mir 1935 die vergriffenen Bücher von Scott Fitzgerald gekauft hatte – den Namen und die Adresse der Literaturagentin Anita Diamant in die Hand. Soll ich Ihnen einen guten Witz erzählen? Sie erhielt Anitas Adresse von Bill Brannon, der 1947 meine ersten Krimis verkauft hatte.

Mrs. Diamant arrangierte für mich, daß ich Ashley Carter wurde. Seit 1975 schreibe ich die Falkenhurst und Blackoak-Romane, außerdem die Sklavengeschichten der Mandingo-Sklaven aus der Vorkriegszeit unter dem Namen Kyle Onstott und später Lance Horner.

Da erfuhr ich, daß ich während dieser sieben Jahre im Exil doch nicht vollkommen vergessen gewesen war. Jean-Jacques Schleret, ein französischer Literaturkritiker aus Straßburg, schrieb meinem Agenten in Hollywood, Mauri Grashin, um zu erfahren, wann Whittington eigentlich gestorben sei, da es seit 1968 in Frankreich keine neuen Whittington-Krimis mehr gegeben habe.

Das *Magazine Literaire* (Paris) schrieb: »Seit 25 Jahren wird Whittington hier in Frankreich für einen der Meister des *romain noir* der zweiten Generation gehalten – nach Hammett, Chandler, Cain in der ersten Generation … Sein Roman BRUTE IN BRASS ist einer der besten, die in diesem Genre je geschrieben wurden.«

Gallimard, die meine Bücher in ihrer *Serié Noire* veröffentlicht hatten, legten sie nun im *Carré Noir* neu auf. »813, Les Amis du Crime«, das französische Pendant zu den »Mystery Writers of America«, gab ein Buch heraus, das mir gewidmet war.

Die »813« und das Maison d'André Malraux luden Kathryn und mich im Oktober 1982 als Ehrengäste auf das Fourth Festival of Suspense Novels and Films in Reims ein. Zusammen mit Evan Hunter war ich der erste amerikanische Schriftsteller, der aufgefordert wurde, den »813« beizutreten. Ich wurde mit so viel Freundlichkeit, Zuneigung, Respekt und Aufmerksamkeit behandelt, daß die gesamte Feier mir eher wie ein Traum als wie Realität erschien.

Es war eine außerordentlich elegante und brillante Gesellschaft. Die Franzosen sind die reizendsten Gastgeber auf Erden. Jean-Jacques Schleret, Jean Paul Schweighaeuser, Rafael Sorin, Stephane Bourgoin, Francois Gerif und Robert Louit schrieben alle begeistert über mein Werk.

Und zu Hause in Amerika lobten Bill Crider, Bill Pronzini, Michael Barson und andere meine alten Kriminalromane und Western.

Am Ende war ich wohl doch nicht gestorben.

Dieser spontane Strom von Zuneigung und Wärme in Frankreich und hier zu Hause bauten in mir die Erregung und den Enthusiasmus wieder auf, die ich schon verloren hatte. Es war, als hätte man sich lange einsam durch den kalten Nachtwind geschleppt und plötzlich gelangte auf ein helles Fest voller Liebe und Lachen.

Rafael Sorin schrieb in *Le Monde*, Paris: »[Whittington] ... dieser überaus fruchtbare Schriftsteller, der mehr als 140 Romane verfaßt hat, wird weitgehend unterschätzt. Nichtsdestoweniger hat er einen Ehrenplatz innerhalb der mittleren Generation der amerikanischen Noir-Literatur, zusammen mit David Goodis, Don Tracy und Wm. Campbell Gault. Selbst die bescheidenste von Whittingtons frühen Erzählungen entfaltet, wenn man sie heute noch einmal liest, unfehlbar ihren Charme. Whittington, der nach eigener Aussage von Cain, Frederic Davis und Day Keene beeinflußt ist, erweist sich als der brutalste Schriftsteller dieses Genres. Der Tod kann bei ihm aus einem Kühlgerät kommen, oder von einem Alligator, oder von Mücken, die ein tödliches Virus übertragen. Aber der schlimmste Feind ist bei ihm *la femme*. Sie ist diejenige, die für Geld tötet und den verschlingt, der ihrem Zauber erliegt ... Whittington, der auf seinen frühen Büchern wie ein rebellierender junger Türke abgebildet ist, erschien in Reims wie das Traumbild eines jeden Filmregisseurs vom wohlgenährten, erfolgreichen Fernsehanwalt ...«

Die *West Coast Review of Books* verlieh 1979 meinem Buch RAMPAGE als »bestem zeitgenössischen Roman« und meinem Buch PANAMA als »bestem historischen Roman auf der Basis eines Tatsachenberichts« je einen Porgy. *Who's who in America* nahm mich in die Ausgabe vom August auf. *Twentieth Century Crime and Suspense Writers* schmeichelten mir ganz außerordentlich, ebenso wie *Twentieth Century Western Writers.*

Durch all diese Zuwendung war ich aufs neue zu Optimismus und Entschlossenheit erstarkt und erinnerte mich auch wieder an das wenige Gute in der allerschlimmsten Zeit: zum Beispiel den Abend beim Dinner zum Mystery Writers Award, an dem ich Howard Browne kennengelernt hatte, den damals leitenden Herausgeber von Mammoth Western. Howard begrüßte mich folgendermaßen: »Mein Gott, bin ich froh, daß ich Sie kennenlerne. Meine wichtigste Herausgeberin Lila Shaffer sagt, Sie seien der aufregendste heutige Schriftsteller, den sie je gelesen hat. Am besten lassen Sie ihr schnell eine Menge Material zukommen. Sie haben in ihr nämlich wirklich einen Fan.«

Oder an den Ausspruch Harry Stephen Keelers, der schon über Achtzig war und noch immer seine verwickelten Krimis verkaufte, die er in einer Zeit geschrieben hatte, als Sex in Büchern sich auf zwei leidenschaftliche Seufzer, zwei abgerissene Knöpfe und drei Sternchen beschränkte: »Whittington ist der einzige mir bekannte Schriftsteller, der eine Sexszene über sechs Seiten auszudehnen versteht, ohne ein einziges Mal die Grenzen zu überschreiten.«

Oder an diese überaus liebevolle und selbstlose, damenhafte Literaturagentin aus Kopenhagen, die mir 1960, als ich gerade verzweifelt darum kämpfte, mich von meinem Agenten zu befreien, der mich, wie er selber sagte, vernichten wollte, in großer Sorge schrieb: »Ich kann es einfach nicht glauben, daß dieser Mensch es riskiert, durch sein unsensibles und selbstsüchtiges Verhalten Ihr großes schriftstellerisches Talent zu verlieren. Ich nahm mir die Freiheit, an fünf New Yorker Agenten zu schreiben (Namen und Anschriften liegen bei), von denen mir jeder versicherte, er würde Sie mit Zartgefühl, Zuwendung und jeglicher Unterstützung als Autor willkommen heißen.«

Ich hatte ein wunderbares Leben und habe wunderbare Menschen kennengelernt; ich hatte ein schrecklich aufregendes Leben, das ständig wie eine Fahrt auf der Achterbahn war.

Scott Fitzgerald schrieb einmal: »In Amerika gibt es nie einen zweiten Akt.« Vielleicht hat er da recht. Vielleicht auch nicht. Vielleicht ist der Trick dabei, daß man einfach sitzen bleibt – bis nach der Pause.

Und zum Schluß noch ein paar Worte zu diesem Buch und zu den anderen, die für diese Neuauflage von klassischen Thrillern in der Serie Black Lizard zusammengestellt worden sind.

Die Fragen, die mir am häufigsten gestellt werden: Warum haben Sie einen bestimmten Roman geschrieben, wie lange hat es gedauert, ihn zu schreiben, wo hatten Sie die Idee zu ihm her und wo holen Sie sich allgemein Ihre Ideen?

Erstens komme ich zu den Grundzügen meiner Geschichten ganz anders als einige der führenden Vertreter der Kriminalroman- und sogar Westernliteratur. Verschiedene hochberühmte Schriftsteller haben im Fernsehen oder auf dem einen oder anderen öffentlichen Podium versichert, daß sie zu schreiben anfangen, ohne zu wissen, worauf sie hinaus wollen oder wie sich ihre Geschichte auflösen wird. Ein sehr bekannter Herr, der für angehende Schriftsteller schreibt, sagte, er habe den Schluß eines Buches mehrmals umgeschrieben, bevor er ihm gelungen schien.

Trotz der Beteuerungen dieser Bestseller-Autoren finde ich solch mangelnde Vorplanung Zeitvergeudung, unprofessionell und sogar dilettantisch. Manchmal habe ich auch den Eindruck, daß so etwas nur gesagt wird, weil es ›künstlerisch‹ klingen soll. Trotzdem ist das doch, meiner Ansicht nach, als würde man in einer Milliarden teuren Raumfähre los fliegen, ohne einen Flugplan zu haben. Man startet zum Mond, landet aber auf dem Mars, na und? Es ist, als würde ein Zauberer über die Bühne spazieren, ohne zu wissen, ob er nun ein Kaninchen oder eine Taube oder überhaupt nichts aus dem Hut zieht. In meiner Welt des Schreibens jedenfalls soll der Leser in Spannung sein und nicht der Schreiber. Ich kann mir einfach nicht vorstellen, daß eine Brücke, bevor sie gebaut wird, nicht bis in die kleinsten Einzelheiten durchgeplant ist, oder daß Donald Trump einen Wolkenkratzer in Auftrag gibt, von dem nicht sicher ist, ob er hinterher wie das World Trade Center oder eher wie die Achterbahn in Disney World aussieht.

Ich persönlich fange gewöhnlich mit dem Höhepunkt an, mit der Klimax oder der dramatischen Auflösung meiner Geschichte, auch wenn die durch eine ungewöhnliche Szene, Person, Situation oder Überlegung zu Leben erweckt wird. Eine Geschichte handelt nicht von »einem Unschuldigen, der von seiner eigenen Regierung hereingelegt wird«, sondern davon, wie er diese schreckliche Situation bewältigt – mit Hilfe welcher besonderen, sich langsam herauskristallisierenden, sorgfältig durchgeplanten Stärke, Geschicklichkeit, Kenntnis oder sonstigen Charaktereigenschaft. Dieser ›Grundstock‹ und eine vorher festgelegte »Wirkung auf das Gefühl des Lesers«, die diesen befriedigt oder erschreckt oder sonstwie vereinnahmt, machen den eigentlichen Inhalt des Romans aus. Oder wie Mickey Spillane sagte: »Mit der ersten Seite verkauft man das Buch, das gerade gelesen wird, mit der letzten das Buch, das man als nächstes schreibt.«

Sobald ein Schriftsteller einmal festgelegt hat, welchen ›Verlauf‹ eine Geschichte nehmen soll, hat er jede Freiheit, seine Leserschaft zu quälen, zu foppen, zu erschrecken und auf die Folter zu spannen. Alfred Hitchcock nannte diesen Knackpunkt der Geschichte den »McGuffin«, Harry Cohn von den Columbia Pictures nannte ihn den »Wiener«. Ich nenne ihn den Schlüssel, die Art der Verflechtung, den ›Dreh‹.

Aber ich bin ja nicht der Einzige, der diese Meinung vertritt. Vielleicht darf ich Edgar Allan Poe zitieren, der in seiner Kritik zu Nathaniel Hawthornes *Twice Told Tales* schrieb: »Ein versierter Künstler hat eine Geschichte aufgebaut. Wenn er klug ist, hat er seine Gedanken nicht so geformt, daß sie die von ihm gewünschten Ereignisse aufnehmen, sondern hat zuerst mit der größten Sorgfalt geplant, auf welche Weise er einen speziellen oder *einzelnen Effekt* herausbringen will und erfindet *danach* die entsprechenden Ereignisse, verbindet *danach* die entsprechenden Effekte, die ihm am besten dazu geeignet erscheinen, diese *vorher festgelegte* Wirkung zu erzielen. Wenn nicht schon sein erster Satz auf das Hervorbringen dieser Wirkung abzielt, ist er von Anfang an gescheitert. In der Gesamtkomposition sollte kein einziges Wort stehen, das nicht direkt oder indirekt auf diesen vorher festgelegten Aufbau hinarbeitet. Und mit solchen Mitteln, solcher Sorgfalt und Geschicklichkeit entsteht dann allmählich ein Bild, das in demjenigen, der es mit ebenso großer Sorgfalt und Einfühlung betrachtet, ein Gefühl der tiefsten Befriedigung hervorruft. Die Idee der Erzählung zeigt sich makellos, weil unbeeinträchtigt …«

Und ich glaube, daß ein guter Tischler fähig ist, einen Schrank zu bauen, ohne ihn siebenundvierzig Mal umzuarbeiten. Und ich nehme an, daß er sich höchstwahrscheinlich seinen Gesamtplan auslegt, bevor er zu schreinern anfängt.

Wenn ich das sage, gebe ich aber andererseits sofort zu, daß manche der Schriftsteller, die kühn loslegen, ohne mehr als eine vage Idee, eine dramatische Eingangsszene oder eine ungewöhnliche Figur im Kopf zu haben, mehr verkauft haben als Poe und ich zusammengenommen (und Hawthorne mit dazu). Doch trotzdem halte ich meine angeschlagene Stellung. Trotzdem will ich nicht in die unerträgliche Situation geraten, daß ich, wenn alles andere mißlingt, auf einen *deus ex Machina* zurückgreifen muß oder darauf, daß der Leser »es eben einfach kapieren« muß.

Wie dem auch sei, sobald ich einmal den ›Schlüssel‹ zu meiner Handlung ausgearbeitet habe, der mein Geheimnis entschlüsseln wird, weiß ich, wohin ich mich bewege, auch wenn ich vielleicht noch nicht weiß, wie ich dorthin gelangen werde. Der Höhepunkt ist in allen Fällen sorgfältig aufgebaut und deutet sich schon vorher an, das aber ist nichts anderes als einfach eine immense Schufterei, genannt ›Handlungsverlauf‹.

Französische Kritiker haben festgestellt, daß meine Helden alle »desillusionierte Ritter in rostiger Rüstung« seien, die »oft im Kampf mit eben den Kräften liegen, denen sie vorher gedient haben.« Während ich schrieb, hatte ich keine Ahnung davon, daß das stimmen könnte, aber angesichts so vieler Beweise muß ich es zugeben. Keinem meiner Helden ist es je gestattet, aus eigener nüchterner Vernunft an die Zurechnungsfähigkeit der sozialen ›Ordnung‹ um ihn herum zu glauben. Beispielsweise kann eine Nation, in der die Verwaltung ihre Politik auf die Gier des wirtschaftlichen/militärischen Komplex aufbaut, ganz nonchalant daherreden über den Wahnsinn, »den Atomkrieg zu gewinnen«; sie besteht auf sechzehntausend atomaren Sprengköpfen, wo schon drei mehr als genug wären, und gibt Milliarden dafür aus, während notleidenden Kindern nicht einmal die Brosamen vom Tisch der Reichen zugestanden werden und die Staatsbibliothek täglich schon um 5 Uhr schließt; vielleicht weil unsere Politiker und Wirtschaftsbosse so werden wie sie sind, indem sie ihr ganzes Leben lang nicht mehr als drei Bücher gelesen haben, und jetzt wollen sie allen Jugendlichen auch eine Gelegenheit geben, so zu werden. Mein Held kann kein glückliches Gesicht machen. Er wurde dazu getrieben, nur noch sich selbst zu trauen, auch dann, wenn er erkennt, in welch aussichtsloser Lage er sich befindet. Das aber hält ihn nicht auf, denn lieber würde er im Kampf umkommen, als der Gier, der Korruption und der Kaltherzigkeit nachzugeben, was allerdings genau so oft Kämpfe in seinem Innern auslöst wie gegen die mitleidlose und zynische Machtstruktur.

Oft habe ich FORGIVE ME, KILLER als Beispiel benutzt, wenn jemand von mir wissen wollte, wie lange ich für einen meiner Kriminalromane brauche – und was mich aufhalten kann.

Bei FORGIVE ME, KILLER ist die Antwort entweder: vier Jahre, oder: einen Monat. Ich versuche nicht, das Problem zu lösen, ich stelle nur die Tatsachen fest: Am 8. März 1952 unterschrieb ich bei

Fawcett Gold Medal einen Vertrag für einen Roman (den ich grob skizziert hatte), der MY BLOODY HANDS heißen sollte. Aber nichts klappte. Es sollte ein Roman über einen unehrlichen Polizisten namens Mike Ballard werden, den die Korruption und sein eigener übler Dunstkreis ankotzen. Er versucht dafür zu sühnen und all das Unrecht in seiner verderbten Stadt in Ordnung zu bringen. Aber wie gesagt, sowohl ich selbst als auch Bill Lengel und Richard Carroll von Gold Medal erkannten, daß da irgend etwas fehlte. Man wußte von Anfang an, wie das Ende sein würde. Ich hatte 1000 Dollar Vorschuß bekommen, die sollte ich behalten und etwas anderes schreiben.

1956 tüftelte ich noch immer an diesem Roman über Mike Ballard herum und fand keine Lösung. Da begleitete ich einen Freund ins Gefängnis, um einen Insassen für einen Artikel im *True Detective* zu interviewen. Als wir spät nachmittags dort ankamen, durchquerten wir ein gedämpft beleuchtetes, riesiges, grabkammerartiges Auditorium, in dem ganz weit vorne gerade das Gefängnisorchester übte.

Mit diesem seltsamen, schaurigen Bild im Kopf ordnete sich plötzlich alles für den lange vernachlässigten Roman wie von selbst: seine Stimmung, Geschwindigkeit, Struktur, Verwicklung, einfach alles eben. Mike Ballard war jetzt nicht mehr ein angewiderter Polizist, sondern ein korrupter Mann, der aber ganz zufrieden mit dem Status Quo ist. Fragen Sie mich nicht warum, denn ich weiß es nicht, aber als ich heim kam, fing ich noch einmal von vorne an und stellte in ungefähr einem Monat den Roman über Mike Ballard*

* Unter dem Titel *Die Hölle kann nicht warten* als dritter Band der Whittington-Edition bei DUMONT NOIR in Vorbereitung

fertig. Ich nannte ihn jetzt HELL CAN'T WAIT, Gold Medal nannte ihn *Brute in Brass*, der französische Verlag Gallimard nannte ihn VINGT-DEUX, und viele französische Kritiker nannten ihn »einen der besten aus dem Genre *romain noir*, der je geschrieben wurde.«

Habe ich nun FORGIVE ME, KILLER in vier Wochen oder in vier Jahren geschrieben? Wie auch immer, ich hoffe, Sie finden ihn spannend.

FIRES THAT DESTROY ist nach der klassischen Form »fester Charakter« geschrieben (Becky Sharps egoistische Ambition in VANITY FAIR ist dafür das beste Beispiel). Man stattet seinen Helden mit einem bestimmten starken (sogar obsessiven) Charakterzug aus, und dann demonstriert man diesen Charakterzug, wenn der Held in einer Krise Gelegenheit hat, mehr oder weniger das zu sein, wozu ihn sein innerer Antrieb bestimmt. Wenn der Held sich, koste es, was es wolle, ›charakter-typisch‹ verhält, ist dieser Charakterzug bewiesen. Ich verrate ja wohl kein Geheimnis, wenn ich sage, daß meine Protagonistin Bernice vor allem anderen darauf aus ist, so viel Wertschätzung und Hochachtung auf sich zu vereinen, wie es der entzückendsten aller Frauen eben gebührt. Auf welche Weise sie diese Aufmerksamkeit bekommt und ihren Charakter unter Beweis stellt, das ist die Geschichte dieses Romans.

Der Held in TICKET TO HELL – einer meiner wenigen wirklich makellosen Helden – ist in der Tat der angeschlagene Ritter, der gegen fürchterliche Widrigkeiten anrennt, ohne irgendeine Belohnung erwarten zu können. Das hält ihn aber nicht davon ab, für das zu kämpfen, was er will – ein wahrlich desillusionierter Ritter in rostiger Rüstung, den nichts aufrecht hält als das, was er im Innersten ist, und eine längst verlorene Liebe, die er nicht vergessen kann.

Ganz anders ist IM NETZ (WEB OF MURDER) einer der haarfein nuancierten Romane, wie sie Day Keene, Fred Davis und James Cain auszuspinnen pflegten. Wir bringen den Protagonisten fast zufällig auf den Weg hinab zum Hades und folgen ihm dann auf allen grausamen Wendungen und Kehren durch immer schlimmer werdenden Terror bis in den Abgrund jenseits der Hölle. Der Kritiker, der schrieb, daß IM NETZ »beweist, daß die Todesstrafe manchmal nicht die schlimmste Bestrafung ist«, hat den Schlüssel zu diesem Roman genau richtig erkannt. Wenn Sie beim Lesen nur halb so viel Spaß haben, wie ich beim Schreiben hatte, ist alles in Ordnung.

Die Geschehnisse in THE DEVIL WEARS WINGS sind alle wirklich geschehen und dokumentiert. Ich hatte über dieses verpfuschte, sozusagen mit rosa Spitzen garnierte Verbrechen einen Artikel für Joe Corona, dem Herausgeber von Fwacetts *True Detective* bei Fawcett geschrieben. Aber auch danach konnte ich diese Tragikomödie im Kopf nicht los werden, also nahm ich die Tatsachen und strukturierte sie so, daß sie Form annahmen, Anfang, Mitte und Ende bekamen und eine gefühlsmäßige Reaktion auslösten.

Der Roman, der hier A MOMENT TO PRAY heißt, hatte tatsächlich eine so bewegte Geschichte, wie seine vielen verschiedenen Titel es andeuten. Als ich ihn schrieb, nannte ich ihn NEVER FIND SANCTUARY, was Gold Medal in BACKWOODS TRAMP umwandelte und der Verlag Gallimard in Paris LE CHANT D'ALLIGATEUR nannte. Er ist eines meiner liebsten Bücher. Aber ich denke, ein Schriftsteller ist wie ein stolzer Vater: alle seine Kinder sind seine Lieblinge.

August 1986

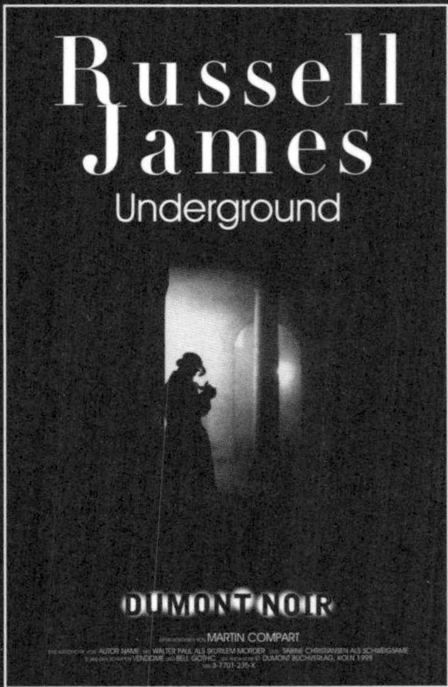


NOIR 2 **Russell James Underground**

Ein Mann auf der Flucht. Wer ist er, und vor wem flieht er? Die Vorstädte der Farbigen und das nächtliche London sind sein Versteck. Die richtige Tarnung für einen Profi – bevor seine Organisation aus dem Underground zum Gegenangriff auf die Zivilisation übergeht. Er lernt eine junge Frau kennen, die arbeits- und hoffnungslos versucht, im Land der Job-Wunder zu überleben.
In einer Dramaturgie, die in Sorgfalt und Detailreichtum an einen Gangsterfilm von Jean-Pierre Melville erinnert, zeichnet Russell James eine Noir-Ballade. *Underground* ist ein schwarzer Thriller mit scharfem Blick auf die gesellschaftliche Realität.

NOIR 3

**Jonathan Gash**
**Lovejoys Duell**
*Band 1 der Lovejoy Serie*

»Kennen Sie dieses Prickeln, das durch sexuelle Erwartungen ausgelöst wird? Wenn Sie es sich tausendfach verstärkt vorstellen, haben Sie eine schwache Ahnung von der fiebrigen Erregung eines Antiquitätenhändlers, der einen Kunden wittert; sie läßt ihn alles vergessen, Erziehung, gesunden Menschenverstand, Vernunft – oh, und das Gesetz.« Die Geschichten des amoralischen Antiquitätenhändlers und zynisch-witzigen Frauenhelden Lovejoy gehören zu den erfolgreichsten britischen Kriminalromanen. Lovejoy ist einer der originellsten Charaktere der Kriminalliteratur – wer den ersten Lovejoy gelesen hat, wird süchtig.

NOIR 5 **Ulf Miehe Puma**

»Er ist der beste Kriminalliterat, den Deutschland bisher hervorgebracht hat. Vielleicht der einzige, der in derselben Liga mit den besten Angelsachsen und Franzosen spielen kann.« *Jörg Fauser*

Nach Jahren im französischen Gefängnis kommt der elsässische Gangster, den alle Puma nennen, frei. Zwischen Paris, München und New York entfaltet sich eine Unterweltballade wie ein französischer Gangsterfilm von Melville mit Alain Delon oder Lino Ventura über Solidarität, Verrat und späte Liebe.
Das Buch zum 10. Todestag des Regisseurs und deutschen Crime-Klassikers Ulf Miehe enthält auch Briefe, Interviews und Materialien.

NOIR 6 **George P. Pelecanos**
**Das große Umlegen**

Washington in den 40er und 50er Jahren: In den Gangs und unter den kleinen Leuten der griechischen Einwanderer spielt *Das große Umlegen.* In diesem ersten historischen Noir-Roman einer Trilogie zeigt Pelecanos überzeugend, wie damals die Weichen gestellt wurden für Entwicklungen im organisierten Verbrechen, wie wir es heute kennen.

Pelecanos' Romane beleuchten Washington D.C. und die Welt der Immigranten, die sich mehr schlecht als recht durchbeißen, um ein Stück vom Kuchen des amerikanischen Traums herunterwürgen zu können.

# DUMONT NOIR

*»Harte Zeiten brauchen harte Bücher«*

NOIR 1 **Derek Raymond** Die verdeckten Dateien

NOIR 2 **Russell James** Underground

NOIR 3 **Jonathan Gash** Lovejoys Duell

NOIR 4 **Harry Whittington** Im Netz

NOIR 5 **Ulf Miehe** Puma

NOIR 6 **George P. Pelecanos** Das große Umlegen

NOIR 7 **James Sallis** Deine Augen hat der Tod
(erscheint Mai 1999)

NOIR 8 **Jonathan Gash** Lovejoys Gold
(erscheint Mai 1999)

NOIR 9 **Russell James** Payback
(erscheint Juli 1999)

NOIR 10 **J. Robert Janes** Salamander
(erscheint Juli 1999)

NOIR 11 **James Sallis** Die langbeinige Fliege
(erscheint September 1999)

NOIR 12 **Harry Whittington** Du bist als nächster dran!
(erscheint September 1999)